12
木士 ◎著
重生

CONTENTS

目錄

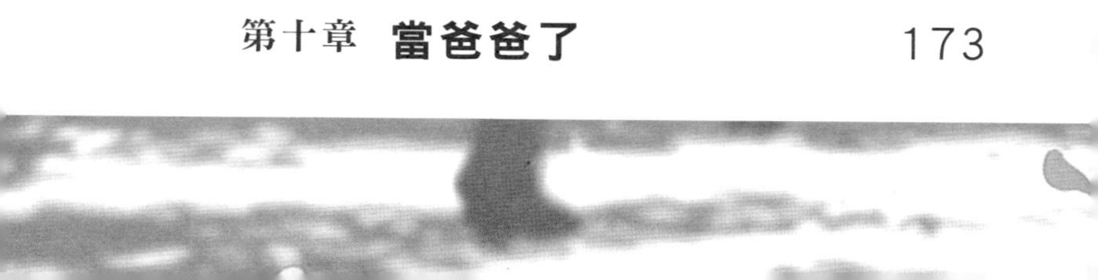

第一章

為自己活一次

林楚在家裡住了三天就被余英攆走了，說是不想再伺候他了。

其實他心裡明白，余英就是想讓他和柳妙思過一過二人世界而已，於是他搬回了雲裡人家。

七月三日，林楚送柳妙思回家。

他的簽證已經辦好了，去法國的機票也買好了，他準備在七月五日自東海飛往法國。

車子停在柳妙思的家門口，這是一套聯排別墅，不算太大，外表很漂亮。院子只有二十幾坪，一側種著不少花，月季、梔子花都有，很精緻，一如邱月容的人，林楚拎著禮物，進門的時候，邱月容正在客廳裡練瑜伽。

她穿著一件白色的小背心，配著一條黑色的瑜伽褲，身材當真是好，腰肢細，臀兒鼓脹著，身材恐怕都不在夏婉茹之下了，也只有謝子初才能勝她一分。

而且她的身體很柔軟，動作相當輕盈，什麼動作都能做得出來，看得林楚有點目瞪口呆。

林楚看了一眼之後就收回了目光，跳舞出身的人當真是不簡單，那動作實在是厲害。

「媽，你怎麼穿成這樣了！」柳妙思嗔了一聲，走了過去。

邱月容扭頭看了一眼，臉色一紅，起身朝房間裡走去，一邊走一邊說道：「阿楚來了啊，你坐一會兒，我去換身衣服，出了一身汗呢。」

「邱姨，不著急的。」林楚應了一聲，坐在沙發間，也沒有再去看她。無論如何，這並不禮貌。

邱月容回來時，換了一件白襯衫，配了黑裙子，端莊優雅，看年紀是真年輕，也就是不到三十歲左右的樣子。

「阿楚，這幾天辛苦你照顧思思了。」邱月容坐下，伸手撫了撫她的裙子後擺。

林楚笑笑：「邱姨，思思現在是我女朋友，我總得照顧好她……不過，邱姨，思思要去東海讀書了，你這邊也沒事可做了。

以前你是學跳舞的，我看身體還是那麼柔軟，有沒有想，再出去找點事情做？以邱姨的底子，就算是跳舞也好，再或者是到培訓機構當個老師也好。

現在都在講素質教育，外面的培訓機構不少，邱姨可以去教人跳舞，等到有了經驗，還可以自己開一家機構的。」

「可以嗎？」邱月容怔了怔。

最近她的心的確是有點空落落的，柳妙思這一走，她總覺得有點不適應。

無論如何，她的心思都放在柳妙思的身上，可是她已經長大了。

林楚點頭：「當然可以！不過臨山這邊的發展不大，願意學跳舞的人也少，邱姨可以去東海的。

一來可以陪一陪思思，二來那邊的機會也多，我個人覺得還是不錯的，再或者京城那邊也不錯。

我聽說邱姨是京舞畢業的，從前還是東方歌舞團的人，在那邊也應當是有一些朋友的，過去之後機會也會多一些。」

「京城是好的，我在那裡生活了好幾年，不過這麼多年了，我在那邊也是人生地不熟的，恐怕也不好立足。」

邱月容說道，聲音中有點惆悵，林楚笑道：「邱姨，我在京城有家公司，你要真是想去，我來安排就是了。」

京城那邊的房子，除了楚居之外，他也沒買，等到從法國回來，他準備買幾套放著，將來就算是把房子賣了也是賺的。

「你在京城還有公司？」邱月容一臉異樣。

林楚點頭道：「有的，是一家娛樂公司，《蝸居》就是我公司投拍的，還有《好聲音》，也是我公司策劃的。

現在雲明娛樂已經有了一點底子，所以邱姨要是想去當老師，我來安排就是了，住處我也可以安排的。」

邱月容怔了怔，目光落在他的臉上，心裡卻是有點異樣。

《蝸居》這部電視劇她一直在追，她覺得很好看，沒想到，竟然是林楚的公司拍的，這麼看起來，柳妙思也的確是配不上他了。

他比何志遠厲害多了，小雨清晨的市值據說都要有七八億了，他一下子成了億萬富豪，真是了不起。

「那我考慮一下。」邱月容應了一聲，接著說道：「阿楚，你坐一會兒，我去做飯了。」

林楚擺了擺手：「邱姨，這次我就是過來看看的，不吃飯了，以後有事你直接聯繫我就行了。」

說完他直接起身離開，邱月容送他，柳妙思卻是坐在沙發上一動不動，只是擺了擺手：「哥哥，再見！」

她的確是沒力氣了，這幾天被折騰狠了，早上出門前她又忍不住了，所以現在是一點力氣都沒有了，軟綿綿的。

邱月容把林楚送出去，陽光有些烈，她輕聲道：「阿楚，思思這孩子從小就沒吃過什麼苦，你多擔待著點。」

「邱姨放心，我對自己的女人還是很照顧的。」林楚點頭。

他的心裡卻是有些異樣，從前的時候，邱月容對他可是從不客氣，橫挑鼻子豎挑眼，反正就是看不慣他。

現在卻是完全改變了，變得有點客氣，還帶著一種拘謹感。

林楚知道，這是因為他的身份變了，高考狀元還不足以讓她改變，但他是成功的企業家，她的想法就徹底變了。

陽光下，她的鼻尖上沁著汗珠，眼角一絲皺紋都沒有，看起來依舊年輕，明晃晃的臉，似乎有些青春，又有些成熟，而且和柳妙思長得很像。

「阿楚，以前我對你的態度有些不好，你不要放在心上，以後我肯定會好好對你的。」邱月容說道，帶著幾分不好意思。

林楚搖頭：「我能理解邱姨的心態，你也不用放在心上，那就這樣吧，邱姨回去吧。」

轉身離開時，林楚上了車，邱月容站在家門口，看著車子離去，她瞇了瞇眼睛，

這一刻……她又想起了京城，當年她在大三的時候為了生孩子，退了學，想

一想總有些不甘，總有些遺憾。

年輕的時候，誰沒有夢想呢？

她的夢想很大，總是想做首席，沒想到走到那一步，但年輕時的眼光是真不行。

那個人看似有才華，但就出了一張專輯，大紅過，之後就沒落了，而且脾氣也不好。

離婚很多年了，他一直在吃老本，靠著那張專輯的版權活著，再就是幫人寫一些歌，錢也賺了一些，不過他花得也多，所以總也存不下什麼錢。

當年也不知道，她怎麼就會喜歡上那個人呢？他長得是好看，可是這維繫不了一輩子。

相比起來，林楚的確是很優秀，長得比那個人還好看，而且生得高大，出了兩張專輯，歌更能打動人，甚至他還是知名企業家。

她的眼光不如林妙思，只是她也沒什麼遺憾，過去的事，她也改變不了。

笑了笑，她也不知道為什麼會在這裡憶起從前，或許她的心從未冷，那麼，就去京城吧，總得為自己活一次。

明天就要飛東海了，林楚回家收拾了一下行李。

因為去法國，所以他把衣服稍微整理了一下。

波爾多那邊的夏季並不算熱，這個季節，早晚還有點涼，所以他帶了幾件長袖的衣服。

想一想，明天似乎也沒有人能送他了，柳妙思正在考駕照，還沒有拿到，林青河和余英也都有事，他準備坐車去煙海了。

手機響了起來，接通後，傳來林雪儀的聲音：「哥哥，你是個騙子！」

「雪儀啊，我什麼時候騙你了？」林楚笑了起來。

林雪儀嬌嗔道：「哼，你都要去法國了，我這次來臨山，就沒見過你幾次，你說過要幫我補課呢，我要回京城，不想在臨山了！」

「我這也是為了工作，而且去法國也不是不回來了，你這樣，先在我們家住著，過幾天就去東海吧。到時候有老三和老四在，她們都可以教你啊，尤其是老四，她可是真正的老師，教你是綽綽有餘的。」

林楚笑了笑，心裡也覺得有點不好意思。

林雪儀應道：「真的啊？那我明天就回臨山，到時候和三嫂聯繫。」

「你想去東海就直接說，何必訛我？」林楚笑了起來。

這丫頭明顯就是想去東海，這才用了這一招，其實他本來就想著安排她去東海的。

林雪儀笑了笑：「嘻嘻，哥哥，我不訛你，你肯定不會理我的！」

「行了，明天我就走了，我爸去接你，你什麼時候去東海，直接和老三聯繫就行了。」林楚說道。

林雪儀連忙應了一聲：「不用大伯過來了，我自己坐車就過去了，反正也挺方便的。」

「那這樣吧，我安排車去接你，我媽是交通局的人，這個很方便的。」林楚應了一聲。

林雪儀這才笑咪咪道：「謝謝大媽，謝謝哥哥。」

「真是的，你這丫頭就知道耍心眼！」林楚應了一聲。

林雪儀嗔道：「才沒有呢！哥哥，一路順風，早點回來……其實，我和三嫂已經聯繫好了呢。」

放下手機，林楚聯繫一下司機，讓人去接林雪儀，之後又準備找去煙海的司機，讓長途車明天早上過來接他一下。

此時手機又響了起來，接通後，傳來柳妙思的聲音：「哥哥，明天我讓我媽去送你吧。」

「不用了，又不是沒有車。」林楚拒絕了。

柳妙思嗔道：「她在家也沒有事情做的，正好可以送你的，順便讓車子跑一跑長途。」

「你覺得合適嗎？」林楚有點好笑。

柳妙思認真道：「合適啊！我現在沒考出駕照來，等我考出來肯定就是我送了，現在讓我媽送，也算是給她面子的，你就聽我的。」

放下手機的時候，林楚搖了搖頭，也沒在意，既然邱月容要送，那就讓她送吧。

邱月容在早上七點就來了，白襯衫配了條牛仔長褲，腳上是雙小白鞋。

褲子是收腿款的，緊繃繃的，顯得腿很細，但臀兒卻是鼓鼓的，特別好看。

她的長髮垂著，走入別墅的時候，林楚剛剛鍛煉完，身上都是汗，打濕了背心和短褲，身上的肌肉感很強。

「阿楚，這房子好大啊。」邱月容贊了一聲。

林楚笑道：「大一點住起來舒服，而且院子還可以有更多的佈置……邱姨先坐一會兒，我洗個澡就下來。本來我是想坐長途車的，沒想著麻煩邱姨，那就多謝邱姨了，為了我的事情還專門跑一趟煙海。」

「反正我在家也沒事情做，就送送你吧。」邱月容笑道。

她的身上隱隱也有一種玉蘭花的香味，和柳妙思幾乎一模一樣，特別好聞。

林楚到樓上洗了澡，換了身衣服，將換下來的衣服洗了一下，晾到了陽臺上，這才下了樓。

邱月容不在樓下，此時她站在院子裡，看著一側的花。

這套房子的確很大，尤其是院子，打理得很好，明顯是請人打理過了，她轉了一大圈，站在一片梔子花前，認真看著。

林楚的飛機是九點半起飛，所以七點半到八點之間必須要出發了。

「邱姨，外面熱。」林楚說道，接著話鋒一轉：「我們也該走了，一會兒路上買點吃的就行，邱姨吃了嗎？」

邱月容搖頭：「我也沒吃呢，路上買點就行了，我們出城時，那邊有家包子做得不錯，我就喜歡純素的包子。」

「好，那就走吧。」林楚點頭。

邱月容跟著他離開，一步一回頭，看著那幾株花，表現得非常喜愛。

林楚看了她一眼，說道：「邱姨，你要是喜歡，回頭我挖幾株給你，這東西要是種起來也快，能活一大片呢。」

「那就謝謝阿楚了，我對於花花草草特別喜愛的，你這幾株花很不錯的。」邱月容笑得很開心。

林楚點頭，將行李箱、雙肩包放進後備箱之中。車子啟動，離開家門時，林楚鎖上了別墅的電動門，邱月容扭頭看他，笑笑：「阿楚，你這兒真是很漂亮，在臨山算是最好的房子了！」

「邱姨要是想來住幾天的話，我舉雙手歡迎。」林楚應道。

邱月容就更高興了，她的皮膚也很白，車內的香味浮動，總有些明媚。

路上需要一個小時，出縣城時，林楚買了幾個包子。

邱月容一邊開車一邊說道：「阿楚，現在沒什麼事，要不你唱首歌來聽聽吧。」

「聽歌？邱姨這兒不是有CD嗎？」林楚應道。

邱月容笑了笑：「CD再好，再怎麼聲音無損，其實都沒有真人唱得好，哪怕技巧不夠，但勝在真實。」

「那我就唱首歌吧。」林楚應了一聲。

想了想，他唱了那首《你不是真正的快樂》。

他唱的很平靜，但聲音卻是好聽，就這樣唱著，當唱到「……你不是真正的快樂……」時，邱月容也迎合了起來。

林楚詫異地看了她一眼，沒說什麼，心裡卻是有點明白，恐怕邱月容也是有故事的人。

「邱姨，你唱得也不錯。」林楚贊了一聲。

她的聲音的確是好聽，有一種知性的味道，甚至柔滑婉轉，似乎和洛白花有得一比了。

邱月容搖頭：「以前我喜歡唱歌，只不過最後選了跳舞……和你比起來還是差遠了，你能寫出這樣的歌，真厲害。這首歌特別好聽，就像是唱到了人的心裡，你年輕不大，但懂得真多，到底是很成熟，在這一點上，思思差遠了。說起來，我以前還真是眼光不好，沒有發現你的厲害，要不是思思的堅持，我就害了她，讓她錯過了最好的姻緣。」

「就算是沒有我，她也可以找到別的人，這只能說是命運的安排。」林楚說道，帶著微笑。

邱月容再搖頭：「那就不是你了！」

第二章

不要臉

煙海機場，邱月容把林楚送入了機場之中。

他想了想，找了家書店，買了兩張CD，簽了名，送給她：「邱姨，送你的，我的第三張專輯也在準備了，到時候會提前送你的。」

「太好了，謝謝阿楚！」邱月容笑得很開心。

林楚也笑了笑：「邱姨喜歡就好，那我就先走了。」

轉身離開，進了登機口，林楚坐在頭等艙候機室中，翻出本子，看了看規劃本。

這次去東海，沈月和夏婉茹來接他，分別的時間雖然不長，但兩個人都想他了。

飛機起飛，煙海天氣晴朗，只是降落在東海的時候，卻是雨季，梅雨季節還沒有真正過去，陰雨連綿。

東海的氣溫倒是沒有那麼烈，只是有些悶，林楚站在行李傳送帶前取了行李，手機響了起來，接通後，傳來沈月的聲音：「哥哥，你到了沒有啊？」

「到了，手機都能開機了呢。」林楚笑笑。

沈月應道：「那怎麼還不出來啊？人家都等急了，老四也急了呢。」

「我才沒急呢！」夏婉茹的聲音隱隱約來，帶著嗔。

林楚笑笑：「拿了行李就出去。」

放下手機，他笑了笑，將行李放在行李架上，剛要轉身時，身邊傳來一聲呼喚：「林楚同學，你這麼早就來東海了？」

林楚扭頭看了一眼，管素真也推著行李箱，一條素色的碎花長裙，帶著蕾絲邊，腰間盤著一條藍色的腰帶，束得腰很細，走起路來儀態萬象。

「管老師。」林楚怔了一怔，接著笑道：「我不是來報到的，這次要來辦點事，管老師這是在全國招生剛回來？」

管素真點了點頭：「在全國幾個省份走了走，簽了一些人，不過最讓我高興的就是簽了你，這一下子全國出名了。」

「謝謝。」林楚笑笑，很平靜，並沒有得意忘形。

管素真看了他幾眼，贊了一聲：「真是英俊，你一入學，相信會有很多女孩子追的，你可不能得意忘形，記得守規矩。前兩年……也有那些長得不錯的男孩子，同時和好幾個女同學談戀愛，結果發生了憾事，被幾個女孩子聯手給打了，臉都被毀容了呢。」

「管老師，我的長處不在於長相，而在於學習，您說是吧？」林楚應了一聲。

管素真一怔，接著笑了起來：「你倒是有意思！你這麼聰明，我相信就算是和幾個女生談戀愛，也能應付好的。」

「管老師，你的意思，就是我可以和幾個女生一起談？」林楚聳了聳肩。

管素真瞪了他一眼：「我可沒說！那是不道德的！怎麼，你這是雄性心理占了上風，想要擁有更多的女朋友？這不是自然界，可不能有這樣的想法，無論如何，現在盛行一夫一妻，你可不要有那些不現實的想法。」

「管老師教訓得是，那我們走吧。」林楚點頭道。

管素真看了他一眼道：「我可是很看好你的，以後有事記得給我打電話，你可要好好學習，知道自己想要的是什麼。」

「管老師就放心吧。」林楚很認真地應道，人家是真心對他好，他心裡還有點溫暖。

管素真笑了笑：「一會兒我讓人先送你。」

「不用，我這邊有人接我了。」林楚搖頭。

管素真一怔，接著點了點頭，沒說什麼。

兩人並著肩走了出去，進入大廳時，一名男子走了過來，接過管素真的行李車。

管素真正要說話時，沈月從一側跑了過來，直接跳到了他的懷裡，抱著他的臉親了幾口，很熱情。

林楚托著她的臀兒，有點尷尬地笑了笑，扭頭看著管素真說道：「管老師，我女朋友。」

沈月這才發現管素真的存在，跳下他的懷抱，對著她笑笑，大大方方的。

「管老師好！」沈月說道。

管素真點了點頭：「都有女朋友了啊？長得真是漂亮，好眼光。」

夏婉茹也走了過來，就站在一側，安靜地看著林楚。

「管老師，那就這樣了，我先走了！」林楚說道。

管素真點了點頭，擺了擺手：「那就學校再見了！」

林楚離開，推著行李車，夏婉茹和沈月一左一右陪著他，朝著停車場走去。

上了車，林楚開車，夏婉茹坐在副駕駛位上，側頭和他親了幾口，哼哼著。

「歐巴，剛才那個女的，好漂亮啊，而且身材真好啊，是不是新進門的妹妹？」夏婉茹問道。

林楚瞪了他一眼：「亂說什麼，那是東海大學招生辦主任管素真老師，她親自去騰海簽了我，還給了我獎勵。」

「東海大學的招生辦主任啊，那是挺厲害的！」夏婉茹吐了吐舌頭。

林楚開車，朝著家裡駛去，這一次他直接去了光南路。

這段時間沈月和夏婉茹一直住在這兒，這裡的房子最是舒服，位於市中心，四周環境好，花園也大，還有游泳池。

駛出機場的時候，雨落著，迷濛了路。

林楚打開雨刷，開得並不快，時不時和夏婉茹握一下手，感受著她小手的柔滑。

回到光南路，駛入地下車庫，停了車，下車時，夏婉茹跳到了他的懷裡。

沈月將行李拿出來，在一側大聲道：「老四，你注意著點，要親熱回家再親熱，可別在車庫裡，熱死了。」

林楚抱著夏婉茹，進了電梯。

回到客廳時，空調開著，驅散了夏日的悶熱。

沈月將行李箱放在一側，只是將雙肩包拎到了三樓，這時林楚和夏婉茹已經不見了，主臥之中傳來的聲音卻是讓她有點心熱。

輕輕啐了一聲，沈月哼哼著：「老四也真是的，聲音這麼大，而且什麼都能喊出來，就不知道收斂一點。」一邊說她一邊進了房，急匆匆的。

雨下著，此時已近十二點了，過了挺長時間，林楚的身邊一陣陣的香味浮動著，蜜香中間雜著清香。

林楚驀然想起來，這種清香就像是抹香鯨的那種香，香味經久不散，留香時間比麝香還要長，差不多是麝香的幾十倍。

這樣的香最是耐聞，素有香料之王的美稱。

起身的時候，林楚的心裡有點異樣，這才多久沒見，她們就這麼受不住了，還好他的腰子好，否則也就應付不來了。

夏婉茹抱著他，有點迷迷糊糊的，沈月倒是還有點清醒，畢竟她的體力最是不錯。

「哥哥，飯做好了，都在鍋裡放著，你餓了就吃吧，我現在手腳酸軟。」沈月的聲音軟軟的，特別好聽。

她的身形越來越好了，林楚抱著她，親了親她的髮絲。

沈月笑了笑：「哥哥，我再躺一會兒，恢復一下就好了，剛才太激烈了。」

林楚起身，穿著背心和短褲，倒真是有些餓了。

亭子下的蝦池前，林楚站在一側慢慢看著。

出乎他意料之外的是，蝦竟然存活下來了一大批，蝦殼的顏色都有些變了，挺兇猛的，活力也足了，一隻隻依附在茂盛的水草上。

蝦池的池壁上還吸附著螺螄，也不知道是從哪裡來的，蝦偶爾吃上幾口，形成了生態，還挺有意思的。

雨落著，順著亭子滑下，連成了串，不絕。

林楚的目光在四周掃了幾眼，院子極大，到處綠意盎然。

夏婉茹走了過來，白色的背心配了白色短褲，白生生的樣子很美。

尤其是她的腿，形狀特別好。

沒有打傘，穿過細雨進來時，她的肩頭濕了，鎖骨的窩中有著點點雨水，有如盛著水的碗，看起來漂亮極了。

「醒了？」林楚扭頭看了她一眼。

她抱著他的腰，靠在他的身前，依舊是軟綿綿的。

「歐巴，好想你啊。」夏婉茹說道。

林楚親了幾口：「這才幾天啊？」

「反正就是想！」夏婉茹嗔道。

林楚笑笑：「對了，你不是去參加學校的培訓了嗎？這怎麼就有空回來了？」

「那人家請假了呀！你要來，人家還能不回來？初中的課程沒那麼難，我也不用什麼培訓的。

這次過去，主要是一些師德方面的，再就是通勤方面的事情，少一天也沒什麼，大不了我不幹了就是。」

夏婉茹說道，她的退路自然是很多的，且不說林楚，沈月那邊也是需要人的。

沈月最近也一直在忙，江州那邊的事情不少，東海的事情也不少。

目前楚月生鮮的網站已經試運營了，物流公司那邊也招了第一批人。

物流公司是以夏婉茹命名的，楚夏物流，註冊在京城，林楚寫了公司章程和培訓準則。

目前各招了一批人，安置在京城和東海，各收了兩百人，分配在各個區，每個區一個駐點，專門配送各種生鮮。

這項目實是一項很大的工作，要求細緻，所以沈月的確是很忙，一直在安排，夏婉茹偶爾也會幫忙。

「明天我就要去法國了，你還是好好當老師吧，小月那兒也招了不少人，有人幫她就行了。

老楚最近都在京城，籌備正式開張的那一天，生鮮類的產品，肯定會更受歡迎一些，我們還配送到家，約定時間，我估計……最多幾個月就能做起來了。」林楚說道。

這件事，目前正在緊鑼密鼓地進行，所有的生鮮產品也都到位了。每個區的駐點不算大，但也都有安排冷庫，這樣的話可以存放一些東西。林楚安排了京城和東海兩個城市，其實就是一次試驗點，以他的經驗，試驗點總是要選大一些的城市。

夏婉茹應了一聲：「歐巴，我會在家裡想你的，你去了法國也要注意身體，那邊的事情要是處理完了，要儘早回來呢。」

「當然，有你和小月在，我肯定得早些回來。」林楚點頭，接著話鋒一轉：「小月應當是醒了吧？我們進屋吧。」

夏婉茹拉了他一把：「歐巴，再等會兒啦，你看看這蝦，是不是算活下來了？我看它們現在，都找到自己的家了，每一隻都在固定的地方。

也不知道它們怎麼會有這樣的意識，好在池子夠大，還空得很，就等著它們生寶寶了，到時候可能就會多一些。」

「那早了，一般來說，這些蝦要生都是在四五月份，這都七月了，來不及了。」林楚笑笑，伸手在她的臀兒上捏了捏。

細雨隨風，濕了亭子裡的一片地面，也濕了夏婉茹的後背。

只是這種濕漉漉的感覺卻也舒服，就像是汗一般，掌心中一片嫩滑。

夏婉茹哼哼了幾聲：「歐巴，進屋吧，小月估計要著急了呢。」

林楚撐起傘，抱著她的腰，走入了細雨中，青石上都匯成了水流，流入了排水孔之中。

天氣悶熱，身上汗津津的，總有一種濕嗒嗒的感覺。

進了屋內這種感覺才好了許多，夏婉茹蹲下為他換了鞋，同時說道：「對了，最近妙人也一直過來陪我們。

反正她放學也早，直接就過來了，今天我估計也會過來吧，家裡我買了不少菜，蝦也有，不夠就去撈一點。

我數過了，蝦池中的蝦都有三百多隻了，我每天都有買一些，沒想到活下來這麼多了，以後想吃的話，每次撈三十隻就夠了。」

林楚一怔，將她抱入懷中，以公主抱的方式走到了沙發邊坐下。

她都能數清楚有幾隻蝦，顯然是真的無事可做，都想著數蝦了，這讓人不免有些疼惜。

剛坐下，沈月從一側走了過來，靠在他的身上。

林楚抱著她的腰，三個人就這樣偎在一起，不用說話，但那種依偎像極了愛情本身的樣子。

雨沿著屋頂落下，房子外面還有廊道的，這種老洋房的設計並不會過時。

林妙人剛來時，雨還沒停，她的車子也停在車庫之中，進客廳時夏婉茹在做飯，林楚還在沙發上，正在看電視。

他靠在貴妃榻上，沈月趴在他的懷中，他的手穿過她的脖子，摟著她的腰。

「阿楚，你回來了？」林妙人很開心。

林楚應了一聲：「回來了！又來蹭飯啊？」

「誰來蹭飯啊？我這是來陪你老婆的！我不來的話，她們兩個人有什麼意思？而且小月和婉茹總有人不在家的，一個人更無聊。回來也不知道提前告訴我一聲，弄得我一點準備都沒有，你這人啊，就是娶了媳婦忘了娘。」

林妙人哼了一聲，懟了林楚幾句。

林楚笑道：「你又不是我娘，我忘了你也是正常的。」

「你這人真是沒大沒小的，我不是你姑姑啊？拿著姑姑不當長輩啊？」林妙人伸手在他的腿上拍了一下。

林楚也不應聲，說道：「你算什麼長輩，快點去幹活，我還想吃打鹵麵。」

「我是你傭人啊？」林妙人有點生氣。

只是生氣歸生氣，她還是進了廚房，老老實實做起了手擀麵。

夏婉茹扭頭看了她一眼：「這怎麼生氣了？」

「那個阿楚一點也不尊重長輩，就知道惹我生氣。」林妙人哼了一聲，接著話鋒一轉：「你是他老婆，記得管一管他。」

夏婉茹笑了笑：「我才不捨得管他呢，他是我男人，想怎麼做就怎麼做，我肯定不管他，還會一直支持他！」

「你這樣會慣壞他的！」林妙人有點氣鼓鼓道。

夏婉茹的臉上透著幾分恬靜，回應道：「就這麼一個男人，不慣他慣誰？往後餘生，我總得陪著他一起。」

林妙人看了她一眼，說這番話的時候，她的表情很認真，觸動了她的心。

雨一直下著，連綿了天色。

雨滴不斷淌落，擊在青石上，聲聲入耳。

夜色下，院子裡的地燈隱隱約約照著，蝦池中不時傳來蝦的跳躍聲，躍出水面，複又落下，擊起了漣漪。

這是盛夏的季節。

林楚重生回來已經一年多了，他已經接納了現在的自己，接納了前世今生，不管如何，他就是那個林楚。

雖然生活完全不同，但他還是他，不曾改變。

身邊的呼吸聲很柔和，香味十足，柔軟的身子觸著，帶著溫潤，提醒著他這並不是在做夢，而是真實不虛的生活。

慢慢起身時，沈月抱得緊了些，林楚將她抱入懷中，又躺下。

親著她的髮絲，林楚在她的耳邊說道：「月兒，我起來了，你再睡一會兒吧。」

「再抱一會兒吧，你要去法國了，我也要去江州了，又有一段時間不能見了。」沈月迷糊著說道，眼睛還是沒有張開。

林楚只能老實躺下，這丫頭其實也是辛苦的，只是這樣抱著，對於他來說也是一種煎熬，片刻後，臥室裡又傳來了奇怪的聲音。

林妙人已經起來，正在三樓洗著臉，經過林楚房間時，聽到聲音，臉色一紅。

她輕輕啐了一聲：「真是不要臉！小時候多聽話，長大了怎麼就這麼荒唐……而且還色瞇瞇的，身邊這麼多女人。婉茹和小月也真是的，總是慣著他，這種情況，她們也好意思……回頭我說說她們……只是她們也不聽我的。」

一邊說她一邊下了樓，準備做手擀麵了。

林楚挺愛吃麵條的，夏婉茹也會做，但在手擀麵上，她可是跟著林達開學的，所以手藝好，調味也好。

擀出麵條來，她又做了鹵子，外面傳來腳步聲。

林楚走入了廚房中，倚在門邊上，她扭過頭來瞪了他一眼：「不要臉！」

「我不要臉？」林楚怔了怔。

林妙人看著他道：「一大早上的，你在房間裡幹什麼壞事了？婉茹和小月肯定是起不來了吧？」

「夫妻間的事哪能叫不要臉？而且再說了，今天我得離開東海了，她們心裡肯定特別難受，現在她們起不來，也省得送我了。」林楚說道。

林妙人一怔：「那……你是打算讓我送你？」

「那當然了。」林楚一本正經道。

林妙人搖了搖頭：「不去！不捨得讓你老婆去送你，就讓我送啊？」

「對了，我這次從法國回來，會給你帶禮物的，你想要什麼？」林楚說道。

林妙人心中的氣頓時消失了一半，但依舊板著臉，哼了一聲：「不要！你別想用這些來賄賂我！」

「那我就自己看著買了，給你買幾件衣服吧，買幾件香奈兒的，褲子、襯衫之類的，鞋子也買一雙，再買個包，別的你應當就不需要了……對了，絲襪買幾雙，那個維秘的絲襪特別好看，你穿著肯定不錯。」

林楚說道，林妙人的臉色一紅，扭頭看了他一眼：「我不要絲襪，穿給誰看？」

「穿給我看啊！」林楚聳了聳肩。

林妙人撲哧一笑，總算不再板著臉了，她應道：「我還要別的東西，一會兒寫給你，你幫我帶回來。對了，我隨時還會給你發消息，我同事要是有人想要帶東西，你也幫著帶回來，記得把價格發來。要是比國內貴，那就不買了，要是比國內便宜，那就買，就看差別大不大了，反正今天送好你，我上班之後就去問問。」

林妙人有點傲嬌，林楚點頭：「沒問題，你先整理好，我會給你打電話的……對了，你是當老師的，總得給校長送禮的。這次我去買幾瓶紅酒，你送給校長吧，正好我去波爾多地區，就去買幾瓶拉菲，再送條腰帶，愛馬仕的就好。」

「我為什麼要送校長東西？」林妙人怔了怔。

林楚點了點她：「你呀，也得學著變通！你就不想成為教導主任？以後提副校長之類的？我覺得要是能送，你還可以送給教育局的領導，將來當個校長。」

「我才不要走這種關係呢！大不了不幹就是了，你養著我不行啊？」林妙人哼了一聲，一邊說，她一邊端著托盤過來，遞給了林楚。

林楚接過來，朝著餐桌走去，邊走邊說道：「我養你可以啊，不過你願意嗎？以後當個校長，進入教育系統，可以成為大領導。」

「那還得考公務員了！」林妙人應道。

林楚笑道：「那就考啊！反正考了再說，你又不是沒有這個能力。」

「行吧，我聽你的。」林妙人應了一聲，也端著一個托盤出來。

餐桌上擺了四碗麵，林楚三碗，還配了幾道小菜。

夏婉茹和沈月的確是起不來了，林楚的身上還殘留著女人香，蜜香浮動，間雜著久久不息的一種香。

複合的香味特別好聞，林妙人抽了抽鼻子，看了他一眼道：「你這一身女人香，就不知道洗個澡？」

「去法國了，也有段時間不能見到她們了，帶著她們的香，就像是她們陪在我身邊似的，總會有點掛念。」林楚笑道，很平靜。

林妙人一怔，心裡有些異樣，夏婉茹和沈月這麼喜歡他，也不是沒有道理。

「多吃點，到了法國還想吃打鹵麵可是吃不到了……我還給你打了油餅，你帶著吧，到了那邊熱一熱就能吃了。」林妙人說道。

林楚搖頭：「我是去吃法國大餐的，不用帶了。」

「我也要吃！」林妙人嗔道。

林楚笑道：「等我回來吧，我請你，東海有好幾家不錯的法國餐廳。」

「那就幫我帶點好吃的回來！」林妙人點了點頭。

林楚應了一聲，想了想，可以帶點火腿、乳酪回來，那邊的乳酪相當不錯。

吃完飯，林妙人收拾了一下桌子，林楚回房，看了看夏婉茹和沈月，她們還在睡著。

低頭和她們親了親，伸手捏了捏，他這才起身離開。

自始至終，兩人都沒有醒，可見剛才有多累。

關上門時，房間裡栗子花的香味淡去，他吁了口氣，慢慢走入了電梯之中。

林妙人已經收拾好了，兩人進了地下車庫。

林楚就帶了一個行李箱和一個雙肩包，林妙人開著的是林楚買的MINI車，車庫裡一共有五輛MINI，五種顏色，都是定制款的。

夏婉茹是粉色的，車門上印了一個四字，她雖然比沈月年長，但內心卻是有如少女一般，特別純，所以就選了粉色。

「買這麼多輛MINI，你都不知道為我買一輛。」林妙人哼了一聲。

林楚笑道：「當初我可是讓你自己選的，你選了一輛福特，這可不怪我，你要是喜歡的話，再買一輛就是了。」

「我當然喜歡了，這樣的車多漂亮啊，而且性能特別好，速度也快！」林妙人應了一聲。

林楚點頭：「買！」

第三章

酒莊

東海飛往波爾多，飛行時間長達十五個小時左右。

兩地的時差在六個小時，林楚起飛的時候，早上十點，波爾多才是凌晨四點，也就是說，林楚到達波爾多的時候，應當是晚上八點不到。

離別的時候，林妙人抱著林楚，緊緊的，也有些不捨。

她的臉靠在他的肩頭，說道：「你早點回來啊。」

「想我？」林楚笑笑。

林妙人嗔道：「誰想你了！就是怕婉茹和小月想你，我才不想呢，你不回來最好，省得我為你做飯了。你以為天天做飯舒服啊？我告訴你，一點也不舒服，擀麵的話，手上的皮膚都粗了呢，而且也累人的。」

她的手其實並不粗糙，而是極為細膩，有如蔥段似的。

林楚看了幾眼道：「哪裡粗糙了？」

「現在不粗糙不代表將來不粗糙，我就是得小心一點。」林妙人瞪了他一眼。

林楚笑道：「我走了，回來給你帶化妝品，尤其是護手霜，買最好的。」

「算你有點良心！」林妙笑道，接著拉住了他的手，又說了一會兒話，那就是不想不想讓他走。

最後她道：「到了那邊有事就給我打電話，我可以去法國幫你的。」

「知道了！」林楚點頭，轉身離開。

林妙人穿著白襯衫，配著包臀裙，臀兒鼓鼓的，身材很不錯。

她看著林楚的背影離開，這才轉身離開，心裡卻是飄遠，想起了從前。

小的時候，她下河摸魚時，他就跟著她，似乎那個流著鼻涕的小子，一下子就長大了，這真是一件匪夷所思的事情。

只可惜啊，兩個人再親密，終有分別的時候，畢竟她只是他的姑姑，他終究是要結婚生子。

而且這個小子還有了五房媳婦，實在是驚人，她也得找一個喜歡的男人了。

只是找一個什麼樣的人呢？她也不知道，身邊追她的人不少，如果她心動的話，那早就心動了，不會等到這一步。

林楚坐的是頭等艙，這一次去波爾多，他誰也沒帶，就只是一個人。

本來他想帶著白靜的，後來想一想，東海這兒的事情也不少，他也需要有人在這裡打理，所以就沒告訴她。

甚至他還覺得，如果沈月那邊需要助力，他還可以讓白靜幫忙。

洛白花找來的人已經安排好了，一共三十多個人，雖說林楚還沒有真正見過，但卻已經分批安排去波爾多。

最早去的只有八個人，都已經到了那邊，以勞務派遣的方式出去了，掛靠在律所那邊，等著林楚過去接收。

回頭他還是想把這批人移民辦好，這樣做事就會方便很多。

抵達波爾多機場的時候，機場的燈光有如繁星一般點綴著。

來接林楚的是謝軍安排的那名律師，他也不認識，正好這次可以見一見。

取了行李，他走出機場，四處看了看，發現有人拉著橫幅在等他。

橫幅上面是「歡迎林楚先生蒞臨波爾多」幾個字，拉橫幅的是兩名健碩的男子。

前面站著一個人，準確的說，這是一名女人。

金髮碧眼，身形修長，沒有那種健碩感，反而挺清瘦的，穿著一身黑色西裝。

林楚走了過去，發現女人挺高，一米七二左右。

「海倫小姐？」林楚用法語說道。

海倫對著他張開懷抱，笑得很燦爛：「林，歡迎你來法國。」

「謝謝！」林楚點頭，抱了抱她，心頭卻是一陣的讚嘆，身材真好。

目光掃了掃一側的兩人，一人將橫幅收了起來，一名堅毅的男子走了過來，站到了林楚的身邊。

海倫揮了揮手道：「走吧，我們先去酒店，正好我要和林先生彙報一下目前的情況。」

向前走去的時候，堅毅的男子低聲道：「老闆，我叫洛濤，小花的堂哥，這次來法國就是由我來帶隊的。小花說了，讓我一定要照顧好老闆，以後老闆有任何要求儘管說，我一定做到，反正我孤家寡人的，沒什麼牽掛。」

林楚一怔，回頭得問問洛白花什麼情況了，怎麼把她堂哥都派過來了。之前說找的人都是洛小雲聯繫的，這些人大都是有牽掛了，要把他們的家人都安排到法國來。

上了車，洛濤坐在副駕駛位，另一人開車，林楚和海倫坐在後排座位。她的雙手抱在胸前，說道：「林先生，兩個酒莊已經談得差不多了，裡面還有八十多戶原居民，一直在幫著打理葡萄園，以及釀酒，大約有兩百多個人。莊園買下來之後，您可以改名，只要登記一下就好了，到時候，請一位合適的釀酒師就好了。」

「沒問題，明天我先去開戶，這筆錢不走國內帳戶。」林楚應了一聲。

他的版權費用，直接支付美元，那麼明天開了戶，再讓人轉帳就是了。
這些古老的酒莊，一般情況下是不能更名的，畢竟紅酒更多的是一種情懷。每一個莊子都有一段背後的故事，而且名字本身就很有韻味。
比如說瑪歌酒莊、杜霍酒莊等等，所以林楚並不想更換名字。
酒店就安排在波爾波地區，房間挺大，林楚坐在沙發上，海倫坐在他的身邊，一直在介紹兩座酒莊。
「海倫，剛才你說這兩個酒莊，娜菲絲酒莊和森林酒莊，也有兩百年歷史了，而且娜菲絲在法國還有一批忠實地支持者？」
林楚問道，海倫點頭，他這才點頭，心中明白過來，這兩個酒莊的名氣的確是不大，他都沒聽說過。
列級酒莊的名氣很重要，那麼將這兩個酒莊的名字改一改，似乎也不錯。楚酒莊？似乎並不妥當，容易引來別人的排斥，而且失去了法蘭西的那種歷史。
「好了，林先生，我先走了，明日我們就去簽合同。」海倫輕聲道，接著話鋒一轉：「錢的話，五日之內支付就好了。」
林楚點頭：「沒問題，那就辛苦你了。」

「為雇主做事，那就得盡心盡力，這是我們的準則，所以您不必客氣。」

海倫笑起來很美，林楚起身把她送了出去。

送走之後，他回頭找了洛濤。

洛濤五人過來後一直住在酒店裡，等著林楚，海倫為他們辦了工作簽證，所以他們在這裡也很方便的。

只不過五個人的法語並不好，目前還在學習之中。

坐下後，洛濤站在他的身邊，說道：「老闆，接下去我們做什麼？」

「等我接掌了酒莊後，你們就入駐酒莊吧，負責周邊的安全，再來就是幫我打理著酒莊，那麼大的莊子，三十多個人並不多。所以等你們穩定了，你再把人接過來，最好家人也一起過來，這樣一來，我們在這邊就算是有一個落腳地了。」

林楚說道，洛濤點頭：「老闆放心，我一定好好做！」

吃了晚飯已經很晚了，林楚在規劃本上寫下了這次要買的東西，接著給洛白花打了電話，問了問洛濤的情況。

「老爺，洛濤是我的遠房堂哥，當兵出身，他絕對可以信任，而且還很有能力，目前是單身狀態。他的能力在小雲之上，老爺知道，我也不是京城人，以前是北河省的人，我們村子窮，所以當兵的人多。那個時候，當兵是唯一的出路了，所以很多人都去當了兵，洛濤講義氣，還算是有血性，我讓他過去，足以幫老爺把酒莊打理好。」

洛白花說道，林楚應了一聲：「看起來，你還是有不少秘密的。」

「老爺，人家哪有秘密啊，都是從前的事情，不值一提，人家心裡只有老爺，人家裡裡外外，老爺哪兒沒有光顧過？還有什麼秘密？」

洛白花嗔道，林楚的心中卻是一熱，這樣的虎狼之詞，當真是彪悍。

「行了，說這些讓我著急啊？那我就用洛濤了，以後酒莊的總管就是他了。」林楚應了一聲。

洛白花笑咪咪道：「老爺，要不要人家去法國陪你？」

「不用了，你好好拍戲就成了。」林楚拒絕，接著話鋒一轉：「我在籌備一部新電影，明年開拍。我想自己導演，到時候你來籌備，過來給我當製片，拍攝地可能選在海外，也可能在國內選一處合適的地方。」

洛白花一怔，興奮了起來：「老爺親自執導？那太好了，我肯定給老爺當製片，天天陪著老爺。」

道。

「我還在寫劇本，到時候再說，你記著有這麼一件事情就好了。」林楚說

又聊了幾句，他這才放下電話，想了想，又給林妙人打了電話。

夜色深了，已經是十一點了，只不過東海才下午五點，應當還在下雨吧。

林妙人接電話很快：「喂，哪位？」

「是我，我已經到法國了，你想好要買什麼東西了嗎？等事情辦好，我就在巴黎逛逛。」林楚應了一聲。

林妙人笑咪咪道：「還算你有點良心！我今天沒去你那兒，小月去江州了，婉茹又去培訓了，回家也晚，我就不去了。」

「等我回去再說吧。」林楚應了一聲。

林妙人應道：「今天我和同事說了，帶的東西還不少，大多數是化妝品，還有想要買包的，他們把東西都告訴我了，你記一下。

款式、型號和國內的價格都有了，你比對一下，要是便宜很多就買，便宜的不多就不買了，沒意思的。」

「便宜很多是多少？」林楚笑道。

林妙人應道：「他們說了，便宜20%以上就行，他們打聽到的價格本身就是打

折價，不打折的時候更貴呢。」

「我知道了，你說吧。」林楚應了一聲。

林妙人報了一串名字出來，的確是不少，林楚記了一整張紙，看了看，這些東西至少要十幾萬了。

「這些東西要十幾萬了，你有沒有錢？要是沒有的話，我幫你轉一點。」林妙人問道。

林楚笑著：「你這麼小瞧我？」

「不是啦，我知道你是大老闆，不缺錢的，那我就不說了！我這也是關心你。」林妙人哼了一聲，有點傲嬌。

林楚笑咪咪道：「我忘記和你說件事情了，過幾天，雪儀要去東海了，我讓小茹帶帶她，她成績一般，你也幫幫她。」

「有婉茹就可以了，她也是教英語的，她的水準比我要好，我最多幫她安排一下數學。」

林妙人說著，接著話鋒一轉：「我都挺長時間沒有見過她了，也是想那個小丫頭了，她能來最好了。」

再聊了幾句，林楚放下電話，瞇著眼睛想了想，要不在這裡也註冊一家公司吧。

只是經營酒莊的話，總是單薄了一些，法國的藝術氛圍濃厚，如果註冊一家影視公司的話，倒也是可以的。

其實法國也被稱為工程師之國，這裡擁有許多基礎產業，比如說空客，還有全球最好的水處理公司等等。

等到林楚睡著的時候，已經很晚了，一個人的時候，總是有些冷。

沒有人相伴，少了溫潤的肌膚，香味襲人的味道，似乎讓世界都少了點顏色。

醒來時，天亮了，波爾多無雨，並不熱。

他出去跑了一圈，回來時汗如雨下。

海倫站在酒店的大門口，看到他的時候笑道：「林先生是個很自律的人，身材真好，而且身上的味道很特別，有一種健康的味道。這種味道就像是……清新的樹木的氣息，很讓人著迷，這應當是自然的味道吧？我從來沒聽說過男人也擁有體香。」

「海倫小姐也很早！」林楚微笑道，沒有應下這句話。

一名律師，總是要讓人小心應付，免得說些不合適的話，被她趁機給告了。

這種陷阱多了，林楚也覺得有點擔心。

海倫點頭：「我過來陪林先生一起吃飯，吃了飯就去看看酒莊。」

「那就辛苦你了，我先去洗個澡。」林楚應了一聲。

走入酒店中，洛濤從一側走了過來，林楚說道：「洛濤，陪海倫小姐一會兒。」

上樓洗了澡，林楚換了身衣服，白襯衫配了條西褲，很正式，還加了條領帶。

黑色的領帶很符合他的氣質，林楚照了照鏡子，他的五官的確是更加硬朗了，已經有了一種成熟的味道。

下樓時，海倫已經在餐廳裡了，看到他的時候，笑了笑。

她的牙齒很整齊，那種明豔感獨獨屬於西方，襯著一頭金髮，明豔如陽。

「林先生，我已經幫你預約了銀行那邊，是法國農業信貸銀行，我們最古老的銀行。」海倫輕聲道，林楚道了謝。

這家銀行別看名字和國內的農村銀行差不多，但實際上卻是很厲害，這是法國最大的銀行，也是最古老的銀行了。

「海倫小姐，這次的收購之後，希望我們還能夠繼續合作，我還想辦一批移民過來。」

林楚說道，海倫笑著回應：「沒問題，之前那些人的移民手續辦起來並不複雜，就算他們是酒莊的傭工好了。」

「那就謝謝海倫小姐了，我還有幾位親人也想過來。」林楚盯著她，很平靜。

海倫一怔，接著點頭：「也沒有問題，這件事情交給我了，只要林先生願意出一部分錢就好。」

「沒問題的！」林楚鬆了一口氣，低頭吃飯。

法式的早餐是以麵包為主，配上水果和果汁、牛奶，林楚的食量大，吃起來的時候，讓海倫也嚇了一跳。

等吃完之後，她看向他的目光中透著幾分的異樣，上下打量了他幾眼，總覺得這麼瘦削的身形怎麼能吃得下這麼多的東西。

娜菲絲酒莊位於波爾多右岸，和森林酒莊連在一起，好大一片地方。連綿的葡萄園，一側是一大片的森林，遠處就是吉隆河，風景絕佳。

林楚參觀葡萄園的時候，海倫一直陪在他的身邊，洛濤帶著八人跟隨著。

他已經在銀行中開戶了，也拿了支票，就等著謝軍那邊轉帳了。

坐在寬大的客廳之中，林楚和兩座酒莊的老闆進行了一次談判，也沒有花太多的心思，答應了五百萬的收購價格，五天之內付錢。

因為有律所的關係，所以老闆直接就把地方讓出來了，所有的東西都讓給林楚了。

這邊的主建築很大，足有數千坪，一共三層樓。側邊還有一個村子，住著當地的居民，村子裡有著一個挺大的葡萄加工廠，採摘、釀酒之類的都在這裡進行。

兩邊酒莊的居民被鐵絲網分開，另一個酒莊那邊也有一座建築，裡面也有一座釀酒廠，只是在規模上要小一些。

娜菲絲酒莊主建築的客廳足足有三百多坪，很大，一名銀髮管家走了過來，對著林楚行了一禮：「先生，我是皮朋，請問午飯有什麼安排？」

「皮朋，你在娜菲絲酒莊多久了？」林楚問道。

皮朋一怔，微微笑了笑：「先生，我在這裡已經三十年了，從二十五歲那年來這裡工作，後來當了管家。這裡的每一寸土地我都熟悉，我丈量過葡萄園，冬天打過獵，一直安排葡萄園的一切，已經習慣了。先生如果想要辭退我，我也沒什麼意見，餘生我可以去環遊世界了，這是我的夢想，一直沒能實現呢。」

「皮朋，我叫林楚，來自于華夏，以後你還是這裡的管家，內務方面的事情繼續由你來安排，不過洛濤將會是這裡的總管。他安排外務，你放心吧，你的待遇和從前一樣，我不會改變，往後我還會給你更多的福利。如果你想環遊世界的話，明年吧，我給你放一個月的假……今天中午，我想吃正宗的法國大餐，這裡的廚師有這個水準嗎？」

林楚問道，眸子裡帶著笑，皮朋點頭：「先生放心，這兒的廚子算是頂尖的了，請放心。」

「皮朋，和我講一講娜菲絲莊園的事情吧，我很有興趣。」林楚應道。

皮朋長得高大瘦削，一米八二左右，頭髮挺長，在腦後紮著一個小辮子，並不算英俊，看起來有些儒雅。

林楚坐到了一側的沙發間，皮朋站在他的身側，說道：「先生，娜菲絲的名字，有水仙花的意思。晨曦中，這裡籠著薄霧，美得就如同是水邊的水仙花一般，在波爾多右岸的地理位置極好，只可惜，我們的釀酒師雖說不錯，但卻沒有人去推廣。

兩百多年歷史的娜菲絲，經歷了許多的改良，我們種了很多的葡萄，品種極好，葡萄酒的口感也不錯。1968年的酒應當是最好喝的，酒窖裡存貨很多，但卻沒有得到有效的推廣，我希望先生能真正善待這裡。」

「皮朋，我會將這裡重新整合一下，這裡的房子也要裝修一番，兩座酒莊連在一起吧，回頭我會重新聘請釀酒師。」

林楚說道，皮朋一怔：「先生，我們的釀酒師其實很厲害的，之前的釀酒師是老漢斯，現在是他的孫女伊莎貝爾。

伊莎貝爾是波爾多大學畢業的，除了家學之外，她還在一級酒莊中實習過，學了很多的手藝，去年畢業後，她在酒莊中服務。

她釀出來的酒真得很好，先生要換釀酒師真沒有必要，那些傢伙往往都是沽名釣譽的傢伙，沒什麼真本事。」

「伊莎貝爾？」林楚一怔，接著點頭道：「皮朋，你去取一瓶1968年的酒過來，再取其他幾個年份的，各來一瓶。還有，你把伊莎貝爾叫來，我嘗嘗她釀的酒，順便和她聊聊，如果她合適的話，那麼我會讓她成為這裡的釀酒師。」

皮朋彎了彎腰，轉身離開。

林楚瞇著眼睛，看了看天色，已經近中午了，這裡的建築雖然大，但有些地方已經陳舊了，他的確想要裝修一下。

海倫已經離開了，她的事情結束，也不用在這兒待著了。

洛濤把要移民來的名單都提供給了她，她回去安排了。

這次要移民過來的，足足有九十多個人，真正當過兵的有三十多人，餘下來的都是他們的家人。

至於蘇雨晨、謝子初、沈月、夏婉茹和洛白花，她們移民的事情也交給海倫去處理了。

甚至他決定在法國這邊也開一家影視公司，雲明影業，法人就安排給了洛白花，他只是股東。

這樣的話，如果要收購數字領域，想必美國人那邊，就不會有阻力了。

腳步聲響起，林楚收回心緒，扭頭看了一眼，皮朋走了進來，在他的身後跟著一名金髮女子。

牛仔褲配了件紅色的襯衫，襯衫的下擺束在褲子裡，腰挺細，金髮垂著，近乎于發白，身高在一米六六左右。她的皮膚雪白，鼻尖上有點小小的雀斑，只不過皮膚倒是沒有西方人普遍的粗糙，反而挺細膩。

「先生，這是您要的酒。」皮朋放下了四瓶酒。

林楚並不懂酒，看了幾眼，酒標上有年份，他再看了一側的女子一眼。

「伊莎貝爾，這是林楚先生，娜菲絲莊園的新主人。」皮朋介紹了一番。

女子看著林楚，倔強著說道：「我就不明白了，為什麼要把娜菲絲莊園賣給一個外人？」

「因為我這個外人有點錢，也有點眼光。」林楚笑道。

伊莎貝爾一怔，看著他，神情緩和了幾分，輕聲道：「先生，這是我去年釀的酒，你嘗嘗，不過還沒到真正的豐盛期。」

她的手裡拿著酒瓶，已經開了，為他倒了酒。

林楚嘗了嘗，酒味清雅，只是他根本就不懂這個，所以也喝不出什麼特別的來，就只是覺得味道特別香，沒有那種紅酒的怪味。

「好喝！」林楚贊了一聲。

伊莎貝爾笑了笑道：「我有信心，在今年的酒莊評級中，讓娜菲斯莊園成為二級酒莊。」

「好！那麼你暫時還是這兒的釀酒師，如果你真能讓娜菲絲莊園成為二級酒莊，那以後就是首席釀酒師。」

林楚點了點頭，接著話鋒一轉：「等到兩座酒莊合併之後，我會請人來品酒，提升娜菲絲的品牌價值。」

的。

要想讓酒莊升級，其實背後也有不少的手段，林楚覺得多花點錢也是值得的。

這件事情，他得交給海倫去處理，在這一點上，一名律師的能力是顯而易見的。

第四章 天使

波爾多的夜，星光浮動，還有些微涼，並不需要開空調。

林楚搬到了莊園來住，葡萄園一片黑暗，寂靜得如同是世外桃源，這裡的確適合居住，太安寧了。

洛濤住到了一側的房子裡，離得不遠，林楚準備重建一個村子，用來安置洛濤一行人。這裡的裝修也交給了洛濤，他準備讓海倫幫著請一位設計師，重新設計一下莊園。

初晨時，林楚醒來，他站在陽臺上，看著遠處，隱約的晨曦中，薄霧籠著，如夢似幻，的確像是顧影自憐的水仙花一般。

林楚沿著莊園跑了一大圈，一身是汗，回來後，發現伊莎貝爾正在葡萄園裡看著葡萄，很專注。

覺察到林楚的目光，她扭頭看來，一怔：「先生，你起這麼早啊？」

「閒著沒事就跑一跑。」林楚點了點頭，接著問道：「你怎麼這麼早？」

伊莎貝爾應道：「先生，我來看看葡萄，今年的雨水不算豐沛，葡萄長得卻是不錯，只不過，若要想再出現去年那種頂尖的年頭也不容易。」

「去年的年頭好？」林楚怔了怔。

伊莎貝爾點頭：「是啊，去年的酒恐怕不輸給1982年了，娜菲絲酒莊的酒釀了不少，過幾年就可以拿出來喝了。」

「伊莎貝爾，我想讓人重新設計酒標，我覺得這個酒標並不好看，你覺得呢？」

林楚問道，他開過廣告公司，自然一眼就看出了問題。

當然了，像是這種傳承了百年的酒，酒標不一定要時尚，也沒必要標新立異，但首要的一點還是要好看，要有特色。

比如說娜菲絲酒莊的特色，就應當是晨曦下的水仙花，這樣的話可以提升品味，再就是讓人能記得住。

伊莎貝爾點了點頭：「我也覺得不好看，但爺爺說，這是傳統，傳統是不可以改變的。」

「那些一級酒莊曾經也換過酒標，只是在換過之後，又維持了很長時間而已。」林楚笑道。

伊莎貝爾看著他，吐了吐舌頭：「先生，那我支持你，不過只能偷偷支持，否則爺爺要生氣了。」

「放心吧，這是我的安排，沒有人會反對……對了，我還沒有見過你爺爺呢。」

林楚聳了聳肩，伊莎貝爾笑了起來：「他住在市中心，已經退休了，現在這裡的事情就由我來處理了。」

「那就辛苦你了，你慢慢處理吧，我先走了。」林楚點頭，回屋了。

酒莊的事情算是暫時告一段落了，他洗了澡，回到餐廳時，皮朋已經讓人把早飯端了上來。這兒的廚子的確是不錯，很有水準，昨晚的大餐不管從哪方面看都算是上乘的。

「先生，今天要安排車子外出嗎？目前我們酒莊有大巴，還有皮卡和普通轎車，都是之前留下來的。」皮朋說道。

林楚點頭：「我今天去一次巴黎，可能要在那邊住幾天，安排一輛房車吧。」

「先生，去巴黎的話，不如坐火車，那會快一些，兩個多小時就到了，開車的話需要五個多小時。」

皮朋應了一聲，林楚點頭：「那我坐火車去吧。」

法國也是有高鐵的，而且技術也是一流的，林楚覺得坐著高鐵逛一逛，還真是不錯的選擇，等到了巴黎那邊再租一輛車就是了。

「先生的法語說得真好，有一種巴黎味了。」皮朋贊了一聲，接著話鋒一轉：「伊莎貝爾經常去巴黎，對那裡比較熟悉，我讓她為先生當導遊吧？」

林楚擺了擺手：「不用了，她是釀酒師，可能會有一些工作，不要去強迫她。」

「先生，小伊莎貝爾其實喜歡時尚的東西，很願意當導遊的。」皮朋笑了笑。

林楚一怔，這才點了點頭。

這次去巴黎，他是想要到處轉轉，然後買點東西，順便給謝軍點時間轉帳，再就是要在巴黎選址開家公司。

當然了，公司要等洛白花移民之後再考慮，也不一定要以雲明影業來命名，可以開一家新公司。

高鐵的速度的確是很快，陪著林楚的還有三個人，洛濤帶隊。

伊莎貝爾坐在他的身邊，和他介紹著兩側的風景。

波爾多是美的，沒有很高的建築，大面積的綠化，白色的房子，總有些安寧。

伊莎貝爾的聲音很好聽，清脆至極，那頭金髮很柔順，泛著微微的白，有一種白金般的質感，整個人有如精靈一般。

雖然鼻子的一側有幾顆小雀斑，但這也是正常的，她的皮膚太白，遮不住缺陷。

抵達巴黎時，已經是上午十點，洛濤租了輛車，林楚去商場看了看，買了十幾套衣服，全是為家裡的女人買的。

維秘目前在國內還沒有專賣店，但在巴黎卻是有了，林楚也買了不少。

伊莎貝爾看著他，臉色紅紅的，輕聲道：「先生，你對你女朋友可真好，這些衣服好漂亮啊。」

「怎麼，喜歡？」林楚看了她一眼，接著輕聲道：「你要是喜歡的話，我送你一套，你隨便選選吧。」

伊莎貝爾很認真地搖了搖頭：「不可以！我不能隨便接受別人的饋贈，而且還是這麼私密的東西。」

林楚點頭，也沒有強求，隨後拿出整理出來，要買的東西名單，到處逛了逛。

這兒的包價格比林妙人給他的便宜了至少40%，伊莎貝爾和他解釋，現在是促銷季，不過還有更加便宜的時候。

林楚把東西買齊了，多買了不少，回去送人，護手霜買了近百支，家裡的女人，一人送一些。

腰帶也買了好幾條，總得給林達開和林青河一人準備一條，一個也不能少。

洛濤讓人把東西搬到車上，時間已經到了午飯時間，林楚帶著伊莎貝爾去吃飯，去了Pavillon Ledoyen餐廳。

這家餐廳，林楚前一世來過一次，不管是手藝還是服務，都對得起它的價格。

這家傳承了兩百多年歷史的餐廳，接待過很多的名人，包括拿破崙、莫內、福樓拜等人，可以說是名聲極大。

伊莎貝爾的眼睛很大，看著林楚，低聲道：「先生，這家餐廳可是很貴的，我真能和你一起吃嗎？」

「當然，來了總得嘗嘗。」林楚點了點頭。

餐廳的確是貴，林楚點了五個套餐，花了兩千多歐元，伊莎貝爾在一側偷偷吐了吐舌頭。

只不過菜品的水準很高，身為米其林餐廳，這兒的菜就像是藝術品似的，味道也極為不錯。

尤其是那道沙丁魚配海藻蛋黃醬，吃起來特別舒服，林楚瞇著眼睛，回味著。

伊莎貝爾一臉陶醉，伸出手指輕輕拭去嘴角的醬汁。指肚雪白圓潤，沾了一點金色的汁，她又含了進去。陽光籠著，外面就是公園，金髮散著光，那種明媚的樣子，有如天使一般。

餐廳之中很安靜，幾乎沒有喧鬧聲，林楚慢慢吃著飯，純粹就是在享受美食。

伊莎貝爾傾著身子，低聲道：「先生，太好吃了，比賽杜大叔的手藝還要好……我這麼說，恐怕他要生氣了，你可千萬別告訴他。」

賽杜就是酒莊的廚子，手藝其實還是很不錯的。

林楚笑了笑，沒想到伊莎貝爾這麼俏皮。

「這兒的酒怎麼樣？」林楚問了一句。

伊莎貝爾搖頭：「很一般，沒有我們酒莊的酒好喝，不算太差，只能說是中等偏下吧。」

說起酒來，她的眼睛很亮，說得頭頭是道，從味道講到了年份，這讓林楚驚奇不已。看起來，還真是有那種喝一口，就能辨別出酒來的人，這應當是天賦了。

「我想買幾瓶拉菲，最好是八十二年的，你幫我去挑挑。」林楚說道。

伊莎貝爾搖頭：「拉菲在波爾多的左岸，酒莊裡就有賣的，我認識他們的人，可以讓他們讓出幾瓶來。只不過，這酒並沒有宣傳得那麼好，要說口感，六十八年的拉菲更好，要說價格，比它貴的也有啊。比如說羅曼尼康蒂和柏圖斯這些，所以我不太明白它的名氣為什麼這麼大，先生想要的話，柏圖斯的酒也不錯。」

「我是為了送禮，說了你也不懂。」林楚擺了擺手。

在國內，有些酒根本就沒有人聽說過，所以送拉菲就對了，至少人人都知道，尤其是八十二年的，那絕對就是最好的禮物了。

伊莎貝爾看了他一眼，點頭，這丫頭到底還是有些天真。

其實她已經二十多歲了，比林楚要大幾歲，但經歷得少，自然就沒有那麼多的心眼，說到底，還是挺直率的。

兩人離開的時候，陽光挺烈，林楚這次去買了一些特產，比如說是義大利火腿，還有各種乳酪。

伊莎貝爾還帶著照相機，不時為林楚拍照片，有時，還讓路人為兩個人拍合影，總之，她是一個很開朗的姑娘。

巴黎的景點也不少，林楚還想著去其他幾國逛逛，來一次，也不能放棄了度假。

天很藍，異國風情下的風景很美，林楚並不著急，慢慢逛著。

夜色降臨的時候，林楚的手機響起，接通後，傳來謝軍的聲音：「姐夫，那筆錢轉過去了，順便結了第二張專輯的前期分成。一共是六百萬美元，姐夫的第二張專輯賣得也相當不錯，只不過我有個建議，下次姐夫還是在專輯中加入一首英文歌吧。這樣的話可以打開歐美市場，第一張專輯那首英文歌在歐美開始發酵了，賣得特別好，下次再結算的時候，相信歐美市場的回報一定會很大。」

「我知道了，我會考慮的。」林楚應了一聲。

謝軍認真道：「姐夫，你可別敷衍我啊，說真的，你在歐美的名氣已經有了，還是得趁勢追擊。如果第三張專輯也好的話，那麼姐夫可就是國際巨星了，姐夫可千萬別錯過了這個機會啊。

還有啊，國內很多人想要請姐夫開演唱會，再就是做代言，可是姐夫的專輯上從來就沒有露過臉。那麼我們發行第三張專輯的時候，是不是應當來一張全身照？反正姐夫要是露臉的話，那絕對可以帶來流量的。」

「再說吧！我現在在法國，有什麼事，等我回去再說。」林楚說道。

謝軍連忙應道：「姐夫，那你回來一定要走京城，順便把歌給錄了好不好？」

「我考慮一下。」林楚應了一聲。

謝軍急了：「別考慮了！姐夫，我現在還在韓國，不過你要是回去，我一定親自接你……還有啊，上次大伯那兒的人情，你總得還我吧？」

「人情就用在這兒？」林楚怔了怔。

謝軍笑咪咪道：「賺錢嘛。」

「我知道了，回去的時候，我走京城。」林楚應了一聲。

謝軍這麼急著賺錢，顯然是有別的心思了，只不過林楚也不在意，錄一張專輯就是了。至於露臉的事，他沒想過，到目前這一步，很多歌迷都在盼著他露臉，那麼這就成了一個最好的賣點。

等到他的產品上市，他如果露臉的話，一定可以帶來巨大的流量。比如說，他可以在《盜夢空間》上市之後露臉，那一定會引來極大的熱潮，變相為《盜夢空間》帶來一波廣告了。

所以現在露臉不是最合適的時機，還得再等等。

林楚訂了酒店，一共五間房，晚飯就是在酒店吃的。

本來他還想去瑞士走走，反正離得也近，就在法國的東邊，還有北邊的比利時，現在看起來，明天還是要回波爾多了。

把帳給結了，他再留幾天就可以走了。

謝軍讓他唱英文歌，他想了想，其實能抄的歌很多，他直接寫了三首，加上之前的四首國語歌，正好湊了七首歌，這一次就多發一首了。

做完這些事情，夜色有些深了，只是街頭的霓虹不息，亮了一整晚。

巴黎的天亮得也早，不到五點就已經完全放亮了。

林楚醒來，在街頭跑了一圈。

街頭的人並不多，路邊卻是有不少宿醉了一晚的人，躺在路邊，有男有女，還有人在跌跌撞撞地走著。

其中不乏美豔的金髮女子，只不過林楚沒有湊過去，他並不喜歡這些宿醉不歸的人，不管有什麼理由，那都不值得交往。

跑了一個小時，他來到一處公園中，站在樹下打拳動作迅猛，看起來矯健至極。

收拳時，他吁了口氣，一身是汗，慢慢走了出去。

樹林外的人漸漸多了起來，林楚也沒理會，走向前方的酒店。法語的聲音在路邊回蕩著，上班的人、閒逛的人，這樣的場景和華夏也差不多了。

街頭的文化才有這樣的市井氣，林楚覺得這一點是共通的，不管在哪個國家其實都是一樣的。

走出電梯時，林楚拿出房卡，看到伊莎貝爾站在他的房門前，有些著急，來回走動著。

她穿了藍色牛仔褲，顯得腿又細又長，上身配了件格子襯衫，淺色的底，身材特別好。

看到他的時候，她衝了過來，一把拉住了他：「先生，你沒事吧？」

「沒事，怎麼了？」林楚怔了怔。

伊莎貝爾吁了口氣：「我本來是想叫先生吃飯的，沒想到沒敲開門，我還以為先生遇到了危險呢。」

「我只是出去跑了一圈，近距離感受了一下巴黎的市井氣而已。」林楚笑笑，心卻是有些暖。

伊莎貝爾點頭：「那還是要小心一些，有些地方也不怎麼安全的。」

「多謝關心了，我先洗個澡，之後咱們一起吃飯，一會兒就回波爾多了。」

林楚點頭，刷卡進房。

波爾多的事情處理妥當，林楚安排海倫幫著重新登記了酒莊，將兩座酒莊合併，統一命名為娜菲絲。

他在酒莊中住了三天，安排建築師做了房子的裝修佈局，還準備在一側建一個村子，葡萄園間隔的鐵絲網被拆除了，兩座莊園的合併，讓空間變得更大了。

林楚站在三樓的陽臺上，看著陽光下的葡萄園，身後傳來了腳步聲。

「先生，你要的酒，我幫你買回來了，一共一百瓶，除了八十二年的拉菲，我還買了其他年份的，還有幾瓶柏斯圖。」

伊莎貝爾的聲音傳來，這幾天，她和林楚之間變得很熟悉了，也知道他沒有什麼架子，所以不再像是從前那麼拘謹了。

一開始的時候，她是拿著他當老闆看，所以總有點尊重，現在拿著他當同齡人來看。

林楚扭頭看了她一眼，她穿著一身白色的連衣裙，也沒穿拖鞋，穿著小白襪跑了過來。

「你哪來的錢？」林楚怔了怔。

伊莎貝爾笑了笑：「我記在酒莊的帳上啊，反正酒莊可以付錢的。」

林楚伸手點了點她，這姑娘還真是俏皮。

「伊莎貝爾，這兒的事情就交給你了，裝修要進行了，洛濤、皮朋做事未必夠細，所以你要多盯一盯。我把房子翻新一下，酒窖也要重新處理一下，可以放更多的酒，還有村子裡那些老房子，如果有破舊的都得翻新。時間要持續四五個月，這段時間就辛苦你了，要是有什麼做得不好的地方，你記得及時和我溝通。」

林楚說道，伊莎貝爾一怔，看了他一眼：「先生，你要走了嗎？」

「我要去一次瑞士，再去一次比利時，之後到北歐那邊轉一轉就回去了。」林楚聳了聳肩，接著話鋒一轉：「不過我還會回來的，建築設計圖我還沒有看過，總得過來看一看，然後簽字的，所以過段時間我們總會再見的。」

伊莎貝爾這才笑了起來，雪白的臉上還堆起了酒窩。

「先生，我還為你準備了幾箱娜菲絲莊園的酒，都是有二十多年年份了，那個時候的葡萄好，所以酒的口感也好。」

伊莎貝爾說道，笑得很燦爛，說完後話鋒一轉：「先生，你是個好人，為村子裡的每個人都修繕房子，有些地方還重建了。甚至路你也讓人修了，這次要花上百萬了，村子裡所有的人都說先生是個仁慈的主人，特別寬厚。」

「我既然買下了這裡，那就會把這裡當成是我的家，家裡的所有事，我都有責任去管的，不能變成葛朗台，一毛不拔。」

林楚聳了聳肩，伊莎貝爾笑了起來。

兩人走到樓下，餐廳的餐桌上已經擺滿了菜，不乏各種海鮮。

伊莎貝爾陪著林楚坐下，從一側拿出一個盒子，放在他的面前。

林楚打開看了一眼，內裡是一捆捆的照片，這些天伊莎貝爾一直在幫著他拍照，照片是真不少。

「謝謝伊莎貝爾。」林楚笑笑，翻看了幾張照片看了看，拍得很不錯。

一名長著絡腮鬍子的漢子從一側走了過來，大聲道：「少爺，我們今天剛剛獵到了一頭鹿，我烤了一隻鹿腿，您嘗嘗。」

這就是賽杜，酒莊的廚子，長得有點豪邁，卻也並不胖。

鹿腿烤得金黃一片，他架在餐桌上，配了一把小刀，同時放下了一瓶白葡萄酒。

「少爺，鹿肉配白葡萄酒的口感更加豐富一些。」

皮朋在一側輕聲道，自從林楚開始籌備修繕酒莊，所有人就稱呼他為「少爺」了，這應當算是一種真正的認可。

林楚點了點頭，看著賽杜用鋒利的小刀將鹿肉片下來，擺放在一側的木盤裡。

鹿肉吃起來特別香，林楚嘗了嘗，用的是筷子，這是他專門讓洛濤去買的。洛濤的人已經到了第二批，加起來有二十多人了。

第三批人過幾天也會來，這樣就算是全都到齊了，至於他們的親人，要晚一個月，也都已經安排好了。

為伊莎貝爾夾了鹿肉，她看著他，臉色紅紅的：「謝謝先生。」

林楚點頭，低頭吃飯。

白葡萄酒配著鹿肉的確是很好吃，這款酒的味道沒有半點生澀，就算是林楚不太懂酒也覺得不錯。

「少爺，您如果想去瑞士的話，不妨讓伊莎貝爾隨行吧，她是大學生，遊歷過不少的地方，很熟悉周邊各國。」

皮朋說道，林楚看了伊莎貝爾一眼，點頭：「那就一起去吧。」

伊莎貝爾歡呼了一聲，隨後覺得似乎有點不妥，老老實實坐下，吐了吐舌頭。

林楚笑笑，沒說什麼，吃著大蝦。

「先生，現在這季節，其實瑞士滑雪並不太適合，山頂的雪少了，遊玩的人多，所以雪有點髒，而且滑道也短了。還是冬天比較好，可以盡情玩，我喜歡那種刺激的感覺，從高山上滑下，迎著風，吹著雪，很好玩。」

伊莎貝爾興奮道，林楚一怔：「你還愛滑雪？」

「當然啊，我還參加過比賽呢，參加過一次奧運會，得了個銅牌。」伊莎貝爾回應道。

林楚一怔：「那你還來做什麼釀酒師？」

「這是我的工作，滑雪只是愛好而已，當然是不能相比的！而且我也就參加過那一次的比賽，之後就退出了。我更喜歡釀酒，這份工作更穩定，收入也更高，運動員的話，不能做一輩子，而且也賺不了太多的錢。」

伊莎貝爾說道，聲音中透著純真。

林楚點頭，這樣純真的姑娘，很讓人欣賞。

吃了飯，皮朋讓人端上了葡萄，這裡的葡萄口感果然不錯，有一種特別甜，但伊莎貝爾卻說只適合釀成甜酒。

陽光下，林楚坐著電動敞篷車，在葡萄園中巡視著，伊莎貝爾不斷為他介紹著。

這裡的葡萄平均樹齡在三十五年左右，有一些老樹都有五十多年了，所以長得相當粗壯。

微風吹過，長長的髮絲飄著，時不時落在林楚的臉上，她的香帶著一種水仙花的香，很好聞。

一個小時之後，兩人回轉。

房子裡有一個室內游泳池，後院還有一個戶外泳池，林楚泡在室內泳池中，皮朋為他送過來一杯雞尾酒。

雞尾酒是賽杜調出來的，味道很不錯，加入了冰，有點清涼感。

伊莎貝爾穿著泳衣跑了過來，跳進池子裡，遊了過來，大聲道：「在室內有什麼意思，還是在外面好，可以曬著太陽呢。」

她的身材是真好，腿真長，不知道和沈月比起來誰會更勝一籌。

「喂，你在想什麼？」伊莎貝爾問道。

林楚回過神來，應道：「我在想，皮膚還是白一點好。」

「可是我喜歡太陽曬過後的健康的膚色。」伊莎貝爾大聲道。

林楚看了她一眼，點頭：「當然，這是你的權利。」

伊莎貝爾一怔，不再說話，只是在泳池中慢慢游著，恍如一條美人魚一般。

第五章

報平安

的。

瑞士滑雪的體驗感，的確是比冬天時差了一些，只不過觀看風景也是不錯

行走間，處處是風景，每一步都值得留戀。

相比起來，比利時卻是給了林楚一點驚喜。

坐在海邊的餐廳邊上，面前擺著一大鍋青口貝，配著薯條。

伊莎貝爾坐在他的身邊，洛濤和另一人在不遠處坐著，目光有些警惕，時不時在四周掃一掃。

這種青口貝吃起來就像是海虹一樣，只不過添加了白葡萄酒，吃起來味道更加濃郁，變得更好吃了。

「先生，明天你要從這裡直接起飛嗎？」伊莎貝爾看著林楚，問道。

林楚點了點頭：「差不多了……你不用擔心，回去的時候，洛濤會和你一起回去……還有，以後不要叫我先生了，你直接叫我林楚就好了。」

「那明天我去機場送你！」伊莎貝爾點了點頭，接著話鋒一轉：「你是莊園主，是所有人的主人，我總得尊敬你。」

林楚笑道：「可是……我們是朋友，朋友之間不必太在意這些。」

「好吧，林，謝謝你，這幾天我玩得很開心！」伊莎貝爾點頭，眸子裡一片

真誠。

林楚笑笑，低頭吃著青口，白葡萄酒的味道在嘴裡爆開，妙到了極點。

想一想在瑞士的時候，兩個人一起滑雪，她那種飛揚的樣子，的確是讓人心折。

不管從哪一方面來看，她的滑雪技術都是頂尖的，怪不得可以得到奧運銅牌。

比利時的特產有不少，除了巧克力，還有華夫餅、蕾絲、手包等等。

林楚買了一堆吃的，又買了幾個包，拎包和單肩背包，也給林青河、夏達、沈大路各買了一個。

包的款式不同，但都很大氣，有些硬朗。

其實他已經帶了不少東西了，明天還得辦理托運。

比利時的海很漂亮，海岸線也很長，旅行的人並不少，布魯日的海是美的，林楚赤著腳，捲著褲管，慢慢行走著。

沙灘上留下了一串腳印，海浪湧動著，沒過了他的腳，只是潮水在退卻時腳印複又出現，整整齊齊。

間或留下幾隻小魚在腳印裡，透著生活的生動與美好。

伊莎貝爾從一側跑了過來，一條短褲，上身是一件夾克，光著長腿，白生生的，有一種病態般的白。

跑起來的時候，激起了浪花，揚著水花，落到了林楚的身上。

陽光下，水花折射著彩虹，林楚抹了一把臉，看著伊莎貝爾道：「臭腳丫子味都出來了。」

「臭？怎麼可能！」伊莎貝爾嗔道，接著盯著他道：「我身上有一種水仙花的香味，人家都說我是娜菲絲的明珠呢。」

林楚笑了起來：「你還當真了，開玩笑的……走了，那邊坐一會兒。」

「那就是你騙我了？」伊莎貝爾伸手拍了他一下，陪著他坐到了海邊的一家店鋪前。

遮陽傘下，伊莎貝爾放下了一杯飲料，坐在他的身邊：「我請你的。」

「你請我？這可是很難得的。」林楚笑道。

伊莎貝爾笑咪咪道：「你都要走了，我總得請一次，這些天一直都是你請我，我也不好意思的。」

海邊游泳的人不少，男男女女，還有人在曬太陽就在不遠處，穿得很少的那種，看出去的風景特別好看。

「伊莎貝爾，你不會也喜歡這樣曬太陽吧？」林楚說道。

伊莎貝爾一怔，看了一眼，嗔道：「我才不會呢！我現在不喜歡曬得黑黑的了，保持現在的這種白，我覺得很好呢。」

「我也是這麼認為的。」林楚點了點頭。

海邊的夜空也是美的，繁星點點，海浪的聲音很大，迎合著。

林楚看了一側一眼，起身道：「伊莎貝爾，走吧，我們回去了。」

伊莎貝爾也看了身側一眼，那裡男女摟在一起，借著夜色在做些一些讓人臉紅的事情，聲音融入了風中，這讓她輕輕啐了一聲。

酒店離海邊不遠，回去後，林楚洗了澡，收拾了一下，準備明天早上出發。

這次來歐洲，前後也有五六天的時間了，明天就是七月十一日了，他直飛京城。

敲門聲響起，林楚應了一聲，過去拉開門，洛濤走了進來。

「老闆，你這一回去，接下來酒莊的事情怎麼處理？」洛濤認真地問道。

林楚示意他坐下，隨後坐在他的對面道：「就按照之前我安排你的路去走，你不用進行什麼創新，按部就班就行。實在吃不准，你可以和伊莎貝爾、皮朋商量，海倫那邊也可以商量，只不過她是律行的人，代表的是律行的利益。這樣的話，那也不能完全相信，所以和伊莎貝拉、皮朋商量就行，再吃不准，你還可以給我打電話的。」

「老闆放心，我會好好去做的。」洛濤認真點了點頭。

他的臉總有些堅毅，看起來不苟言笑，這一刻他卻是笑了笑，輕聲道：「老闆，今天我給小花打電話了。」

林楚一怔，看了他一眼，沒說話，心裡想著，難不成他在打小報告？

洛濤收了笑，認真道：「她讓我照顧好老闆，所以我打電話彙報一下情況，她就是擔心老闆吃不好、睡不好。我說了說這邊的情況，她很高興，不管怎麼說，我們能跟著老闆，這對於我們來說，可以說是改變了命運。

這裡的環境好，工作也不累，而且我們的收入也高，等老闆建好房子，兄弟們也都有了住處。不用去想著怎麼生存，這兒有學校，有醫院，而且學校都是不收錢的，我就覺得這樣的生活特別好。」

林楚的心中一暖，洛白花可能還真是放心不下他。

「洛濤，你到現在還沒有女朋友，可以找起來了。」林楚說道。

他搖頭：「老闆，我沒有這個想法，以前我談過戀愛，但後來分手了，那個時候我就明白了，一個人也挺好。我不像是老闆，老闆有那麼多的女人喜歡著，小花這麼能幹的女人都仰慕老闆，愛得死去活來，這才是最厲害的。這樣的本事，我沒有，雖說現在有點錢了，但談戀愛是要花很大精力的，動不動就無理取鬧，我是真受不了。」

「你呀，不要把困難擺在前面，那樣還沒談就嚇跑了！」林楚笑道。

洛濤認真道：「老闆，我經歷過兩次，都已經看透了，這樣也挺好啊，等以後老了，我進養老院就是了。」

「行了，別說那麼遠的事，把這兒的事情做好，以後酒莊裡這麼多的人，還能不管你？」

林楚擺了擺手，接著話鋒一轉：「還是那句話，在這兒有事就聯繫，你是酒莊的總管，總得有些擔當。」

「老闆放心，我心裡明白的！」洛濤認真點頭，眸子裡很堅定。

他其實也是一個有決斷的人，那就好了。

布魯塞爾機場，林楚將一個個箱子托運了，除了酒就是買來的各種東西。

航空公司的規定是七十度以上的酒不得托運，好在林楚買的紅酒度數不算高。

背著雙肩包，林楚扭頭看了一眼伊莎貝爾，笑笑：「好了，我要上飛機了，下次再見。」

「林，我要釀出世上最好的酒，超過拉菲！」伊莎貝爾認真道。

林楚點著頭，要為酒莊提升等級，那就得多花心思，等到真正裝修好吧，他也要花很多些心思去運作這件事情了。

這件事情肯定是需要海倫的，那差不多要到年底了。

伊莎貝爾給了他一個擁抱，她的身上真有一種水仙花的香味，很好聞。而且她的身材是真好，林楚這一抱之後，心中贊了一聲，鬆開她的時候，他轉身就走。

進了登機口，林楚漸漸平復了心中的那點波動，目光在四周掃了掃，一側也有一家書店。他驀然看到了他的第二張專輯，放在角落裡，竟然還有人在買，這讓他的心中一動。

書店裡還在放著他的歌，是那首《see you again》，林楚笑笑，看起來謝軍說得沒錯，他在國外也是挺受歡迎的。

這一次的飛行時間大約要十個小時，林楚坐的還是頭等艙。

上了飛機之後，他開始寫《盜夢空間》，這些天差不多就要結束了。

這部戲寫得有點細，所以花了很多的時間，他甚至還寫出了各個角色的特點，把演員的名字也給寫上去了。

飛機是上午十一點起飛的，布魯塞爾航空的服務還算是不錯，提供的午餐是典型的比利時特色，海鮮不少，量也足，讓人很滿意。

飛機降落在京城時是下午三點。

熱浪滾著，京城比比利時熱多了，謝軍來接機的，只是看到這麼多的行李，他驚呆了。

「姐夫，我這車拉不下，我這就讓人過來……」謝軍說道。

林楚擺了擺手，打斷了他的說話：「算了，我已經讓機場方面安排送貨了，無非就是多花點錢，人馬上就來了。」

機場方面安排的貨車把所有行李裝好，林楚這才跟著謝軍上了車，去了楚居。

處理好所有的東西已經是晚上六點了，各種禮物占了一個房間，林楚也沒空去整理。像是紅酒這樣的東西，他準備放到地下酒窖之中，尤其是八十二年的拉菲，必須要好好保存。

「姐夫，你這兒是真不錯！走吧，我請你吃飯，正好和你聊聊專輯的事

情。」謝軍認真道，

林楚笑道：「行了，我讓人做飯了，你就在我這兒吃就行了，歌寫好了，明天就去錄。」

「太好了！」謝軍贊了一聲，接著話鋒一轉：「姐夫，你一會兒先唱給我聽聽怎麼樣？」

林楚點頭，找出吉它來，彈著曲，唱了兩首歌，《夜空中最閃亮的星》和《年少有為》。

唱完之後，他又唱了一首英文歌，之後就放下了吉它。

「謝軍，就到這裡了，你等一會兒，我給你帶了禮物。」林楚說道，起身回房。

這一身長袖長褲，的確是不舒服，他換了一件背心和一條休閒褲，之後去放禮物的房間裡取了幾樣東西。

兩瓶八十二年的拉菲，一個男式拎包，回來時擺在他的面前。

謝軍看了看，一怔：「姐夫，你這可以啊！八十二年的拉菲啊，國內可是很難買到正品……哇，這個包也很漂亮的！還得是姐夫，對我真好！對了，雲明娛樂在韓國那邊，還真的是發展起來了，目前正在籌備的電視劇也已拍了幾集。我這邊在電視臺試映了，結果反應相當好，這部戲捧紅了好幾個演員呢，尤其是那個新人朴智妍，還有一個咸恩靜。」

「已經拍出幾集了啊！」林楚微微恍惚了一下，這個效率還真是高，這才一個月時間，真是太快了。

謝軍點了點頭：「姐夫，洛小雲做事真拼，目前還在準備女團出道的事情呢。」

「不說她了，吃了飯你早點回去，我這真是有點累了。」林楚說道。

以他的體力其實也用不著倒時差，只不過這些天的奔波，他也想要休息一下。

菜開始上了，有烤鴨，還有羊肉等等，很豐盛，主食是京城炸醬麵。

林楚低頭吃著，這些天一直在吃西餐，吃到炸醬麵的時候，讓他覺得很幸福。

謝軍贊了一聲：「姐夫，這烤鴨太好吃了，這手藝真是厲害，我都沒有吃過這麼好吃的鴨子……這廚子能不能讓給我。」

「你想什麼呢？」林楚瞪了他一眼，接著話鋒一轉：「廚子是小花請的，我不知道怎麼來的。她對三教九流的事情都清楚，和方方面面的人也都有來往，所以總是認識一些人，回頭我再讓她幫你找。」

謝軍搖了搖頭：「那還是算了，花姐的人，我可不敢用。」

說歸說，他吃得依舊不亦樂乎，兩個人吃得滿頭大汗，很過癮。

吃完飯，林楚送謝軍離開，他還有點不想走：「姐夫，再坐一會兒吧，我還想再聽兩首歌，你這歌真好聽。」

「行了，我可沒空招呼你啊，我得去洗澡了，一會兒得睡一覺。」林楚也不理他。

謝軍走了，晚霞遮天，天氣還是熱的，知了唱著，讓人憑增幾分的煩躁。躁的並非是聲音，只是林楚有點累了而已。

回屋時，他洗了澡，收拾了一下，準備睡覺。

洛白花也不在京城，身邊的女人就沒有一個人在，所以他還是覺得有點清冷。

這一覺醒來的時候，天還沒亮，差不多是四點多。

起身時，他這才發現手機上有不少未接來電。

蘇雨晨、謝子初、沈月、夏婉茹、洛白花、柳妙思和林妙人、林雪儀都打了電話，還有白靜的電話，李菲菲竟然也來電話了。

他正想回電話時，外面傳來敲門的聲音，家裡的保姆出去開了門，一輛汽車駛了進來。

片刻後，大門的門鈴聲響起，林楚過去打開門。

李菲菲當門而立，一身黑色的長裙，整個人越發清冷。

「你怎麼來了？」林楚怔了怔。

李菲菲進門，脫了鞋，赤著腳踩在地上，應道：「還說呢，很多人找不到你，雪儀就找到我這兒了，讓我過來看看。」

「怎麼會找不到我？我不是在家裡嗎？」林楚應了一聲，接著話鋒一轉：「而且再說了，我剛從歐洲回來，大家都知道。」

李菲菲走到一側的沙發坐下，笑了笑道：「你這人真是的，你是覺得正常啊，可是你那幾個女朋友急了。我真沒想到，她們擔心到這個地步，一個個覺得你可能出了什麼事，我就覺得，你剛回來倒時差很正常的。」

後來雪儀非得讓我過來看看，我就起來了，反正我算是看明白了，她們都是拿著你當個寶，你還是趕緊給她們打電話報平安吧。

電話一個個打過去，從蘇雨晨開始，謝子初、沈月、夏婉茹、洛白花、柳妙思、林妙人和林雪儀，一個也沒落下。

「雨晨，我下飛機的時候給你們都打過電話報平安了，你身為大姐，怎麼也不穩重了？」林楚覺得好笑。

蘇雨晨嗔道：「老公，這事可不怪我，是月兒想你了，給你打電話，結果說是你關機了，她就著急了。」

「那沒事了，以後別這麼急，我就是有點累，所以把手機給關機了。」林楚應了一聲。

蘇雨晨笑了笑道：「那以後你可不能關機了，否則真是要急死人了，我真是想直接去京城看看呢。」

「知道了，過兩天我就回東海了，那邊還有事情要處理。」林楚應道，接著話鋒一轉：「回頭你把護照辦了。

移民那邊應當需要你去簽字，以後再回來，你就得持有護照了，反正提前辦總是好的，這件事情已經在處理了。」

蘇雨晨應了一聲，聲音很柔和，在他的面前才是一個真正的女人。

只是電話打給洛白花的時候，她竟然在回京城的路上，已經上了高速，一個多小時之後就要到了。

「你著什麼急？不用回來了，你可以回去了。」林楚哼了一聲。

洛白花笑咪咪應道：「老爺，回都回來了，我也想老爺的呢，我都多久沒見過老爺了呀。」

「路上小心點，現在還早。」林楚的聲音有點柔軟。

現在還不到五點，天剛剛開始亮。

放下手機的時候，他想了想，又給沈月打了電話。

「哥哥，剛才你掛電話太急了，我都沒來得及問呢，你什麼時候回東海啊？」沈月笑咪咪的。

林楚板著臉：「我都沒說你呢，你怎麼這麼大驚小怪的？我就睡個覺而已，結果你就把所有人都驚動了。」

「那是人家著急嗎，以前你都從來不關手機的，突然間關了，人家總是會胡思亂想，怕你出事了呢。」

沈月有點委屈，林楚的心中一軟說道：「我大約過幾天就回去了，你在哪兒？」

「我在江州這邊，買了一套房子，裝修好的二手房，稍微收拾了一下就能住了，不過就我一個人住，總有點清冷。」

沈月應道，林楚想了想道：「以後請個司機吧，讓小花給你安排……我和她說，否則你那麼忙，也累的。」

「哥哥，那你回東海的時候說一聲，我也回去，這心裡可想了。」沈月應道。

放下手機，林楚扭頭看了李菲菲一眼，走到她的面前。

她也沒洗臉，身上穿著一件白色的睡裙，外面罩了一件外套，有點怪。睡衣挺薄的，隱隱可以看到雪白，只不過林楚也沒多看，只是認真道：「菲菲，辛苦你了，待會兒一起吃早飯吧。」

「我得回去睡覺了，睏死了。」李菲菲搖了搖頭。

林楚認真道：「你就在我這兒睡吧，我這兒房間多的是，你找一間沒有編號的睡就是了，等到八點我叫你。」

「我還得回去上課呢。」李菲菲嗔道。

林楚笑笑：「偶爾逃一節課也沒什麼，我讓人準備好吃的。」

李菲菲想了想，轉身去找了一間房，進去躺下就睡，她是真的睏了。

林楚在院子裡打了一會兒拳，差不多五十幾分鐘，一身是汗。

汗水滴著，落到了地面上，他赤著上身，肌肉感很強，汗水順著身體落下，褲子都濕了，黏在了身上，卻是展示出驚人的體魄。

林楚長長吐了口氣，看了一眼被汗水打濕了的青石，轉身回屋。

正要進屋時，一輛車子駛進來，停下，他扭頭看去，洛白花推門走下來，一身雪白的裙子，細細的腰，笑得如同是狐狸，媚極了。

「老爺！」洛白花跑了過來，踩著一雙細高跟鞋，鞋跟差不多有十公分了。撲到了他的懷裡，抱緊他的腰，林楚笑道：「一身汗呢，衣服都濕了。」

「濕了也是老爺的味道！」洛白花笑了笑。

林楚親了親她，她回應著，熱烈。

百合花的味道浮動著，清甜，林楚心中一陣美好。

進了屋子，洛白花為林楚放了水，之後伺候著他洗澡。

他坐在浴缸中，她坐在他的腿上，為他洗著頭髮，林楚說道：「以後別再這麼衝動了，我能有什麼事？」

「只要是老爺的事，我都會衝動，老爺要真是有什麼事，我肯定不會活呀，所以不管是什麼事，都沒有老爺重要。」洛白花回應道，嗓音有些低啞，很顯然，她是有些累了。

說到這裡，她的話鋒一轉：「老爺，我平時很冷靜，幾乎不動怒的，要不是老爺，誰能讓我發怒啊？」

林楚也不說話，心卻是越來越烈了。

她的身材真好，就在他的面前晃著，他瞇著眼，伸手撫著她的腰肢，等著他的頭髮洗乾淨了，他實在是忍不住。

許久之後，洛白花軟軟坐在他的懷裡，呢喃道：「老爺，澡是洗不成了，人家沒有力氣了，腳也都軟了。」

「不洗了，就這樣了。」林楚笑笑，親了親她。

他抱著她回房，為她擦淨了身體，這才轉身回浴室。

剛出門的時候，李菲菲的房門打開，她走了出來，看到他時怔了怔，要知道這個時候他可是什麼也沒穿，一切一目了然。

林楚放下手中的毛巾，遮住了腰部以下，一本正經道：「你什麼也沒看見，可以回去了。」

「看就看了，有什麼，還不好意思啊？」李菲菲紅著臉，哼了一聲，轉身回房。

林楚跑進衛生間，沖了沖身體，擦淨，換了一身衣服，背心配了大短褲，這才走出來。

早餐已經做好了，標準的中式早點，雞蛋餅配了小米粥，還有鹹鴨蛋。

李菲菲走出來，還是那身睡衣，坐在他的身邊道：「吃了飯我就回去了，晚上你去我爺爺那兒，我讓人多買點菜……爺爺最近請了個保姆，專門收拾屋子、做飯的手藝還不錯，比不過你這兒的廚子，但也算是很好了，我讓她做飯。」

「行，我正好要去看看老爺子。」林楚點了點頭。

李菲菲吃了飯，也沒多留，直接離開，只是睡裙總有點透，看起來的光景很美。

林楚想去李成道那兒，主要還是想送點禮物過去，他準備的巧克力、紅酒，還有火腿，總得送一些過去。

回屋的時候，洛白花還在睡著，身子還是有種蒼白，只是紅唇如火。

雖然口紅有些花了，但那種紅卻是依舊烈。

林楚的手伸進被窩裡捏了捏，和前段時間相比，她的身材變得更好了，讓林楚總有些愛不釋手。

第六章

我們年少輕狂

洛白花這一覺睡到了十點多，醒來的時候，身子還是有些軟綿綿的，覺得骨頭都是酥的。

她床後，發現這是主臥，不是她的臥室，她也不在意，大大方方離開，小腿是真細，腿形卻是很完美。

穿好衣服，一件背心配了一條短褲，她走出來時，林楚正在書房中寫著東西。

「老爺。」洛白花喚了一聲。

林楚扭頭看了她一眼，對著她招了招手道：「我給你買了一些禮物，這就去拿過來。」

禮物有一大堆，衣服就有兩套，還有十幾身維秘的私密衣物，瑞士手錶一個，還有包，拎包和錢包。

衣服一套是職業套裝，還配了一件白色的小西裝，還有一件紅色的禮服裙，配了紅色高跟鞋。

洛白花看了看，最後翻看了一下維秘的衣服，坐在他的懷裡：「老爺原來喜歡這個啊，那我就在家裡穿著好不好？」

「好啊。」林楚笑笑，伸手捏了捏她的臀兒。

有女人的家，多了幾分的溫暖，所以家中沒有女人，終究是清冷的。

維秘的長襪的確是好看，有一種很高級的感覺，吊帶襪穿著，林楚覺得心點烈，只不過洛白花的體質最弱，所以他也不可能再做點什麼。

洛白花看著他笑了笑，跪在他的面前。

過了很久，陽光漸烈。

院子裡，樹下還種著幾株捕蠅草，張著葉片，蒼蠅落下去時，直接合上。

動靜相合的樹林，多了幾分的安謐，只是夏日，總是熱的。

林楚抱著洛白花，她軟綿綿坐在他的腿上，身子沒了力氣。

「膝蓋都磨破了吧？」林楚的手在她的腿上撫著。

她的腿是真細，腿形當真是無敵了，她笑笑：「老爺，我再去休息一會兒。」

「記得刷牙。」林楚捏了捏。

洛白花嗔道：「不刷，就喜歡老爺的味道。」

起身時，她擰著腰離開，身子當真是曼妙，只是林楚的心思卻有些淡了。

洛白花的身子的確是有些弱，最近雖然一直在補身子，但她又刻意保持身材，所以也僅僅是比從前好一點而已。

午餐時她才起來，陪著林楚一起吃飯。

林楚的手機響起，接通後，傳來謝軍的聲音：「姐夫，你不是要來錄歌嗎？」

「我老婆回來了，所以忘記這事了，要不明天吧。」林楚應了一聲。

謝軍連忙道：「別啊！編曲都做好了，姐夫，你帶著花姐一起來就是了，我好好招待。」

「你怎麼知道是小花？」林楚怔了怔。

謝軍微微笑道：「要是我姐的話，你會直接說我姐來了，不會說是老婆來了……好了，一起來吧，正好讓花姐給指點一下。」

「知道了，吃了飯就過去。」林楚應了一聲。

洛白花笑著，她的嘴裡依舊泛著栗子花的味道，雪白的臉，烈焰紅唇，有如畫中的女人一般。

「老爺，我陪你一起去就是了，正好聽老爺唱歌，有耳福了。」洛白花笑著，眼睛眯著，勾起了月牙，紅唇如火，浮動著媚。

林楚點頭，兩人吃完飯，洛白花為他泡茶，用保溫杯盛著，放了西洋參和枸杞。

「我用得著枸杞嗎？」林楚看了她一眼。

她笑道：「我錯了，那我再丟點菊花到茶裡，我就是想為老爺潤喉的，沒別的意思，老爺，晚上可別折騰了，嘴都麻到現在呢。」

「走啦。」林楚的心跳了跳，這真是一個妖精。

言車音樂，林楚和洛白花牽著手進去，謝軍從一側迎了過來。

「姐夫、花姐，裡面請。」謝軍伸手引了引。

兩人進了錄音室，因為林楚提前將歌和曲給了謝軍，他這邊已經做了編曲，一群人明顯有點精神不振，顯然是熬了整夜。

林楚唱歌的時候，很穩。

洛白花站在錄音室外面，一直看著他，眸子裡有光，倒映著他的影。

她穿著白襯衫，配上黑色的筒裙，很合身，收身的設計，襯得腰很細，臀兒鼓鼓的，漂亮極了。

衣服就是林楚送的，尺寸特別合適。

歌錄得很順利，編曲其實林楚之前也做了一部分，所以……與記憶中的音樂差異不大。只不過七首歌，依舊花了挺長時間，直到晚上六點多才錄完。

林楚出來時，洛白花遞上了保溫杯：「老爺，這是新泡的，之前的沒味道了，這次就加入西洋參和貢菊，你喝點。」

「姐夫，你實在太厲害了！下周我們就正式發行，這張專輯，我覺得一定能席捲全國。」謝軍贊了一聲。

林楚笑道：「有才華的人很多，不能小視天下英雄。」

「再有才華，也比不上姐夫，姐夫我為們公司寫的那些歌，捧紅了好幾個人了，他們現在代言很多。但是要說到影響力，他們和姐夫無法相比的，姐夫，你真不打算露臉啊？你要是露臉，廣告代言都開到五百萬一年了，全國第一！」

謝軍贊了一聲，話鋒一轉：「姐夫，走吧，我們吃飯去。」

此時手機響了起來，接通後，傳來李菲菲的聲音：「林楚，你來了沒有？」

「不好意思，忘了。」林楚應了一聲。

他是真忘了這事，沒等他解釋，李菲菲直接掛了電話。

林楚放下手機，看了謝軍一眼道：「我還有事，明天我們再聚。」

「那行，姐夫若是有事就先走，我也得回去睡了，昨天就都沒睡好，只顧著盯編曲。」謝軍笑了笑道。

離開時，洛白花陪著林楚坐在後排，抱著他的胳膊，臉靠在他的肩頭。

「老爺，有事？」洛白花問道。

林楚點頭說道：「先回去一趟，晚上我還有點事，就不在家裡吃飯了，不過時間不長。」

「老爺，明天我還得去劇組，那邊的事情不少，就不能再陪老爺了。」洛白花應了一聲。

林楚摟著她的腰，輕輕拍了拍：「也別那麼辛苦，把身體給調理好，還得生孩子呢。」

「一直在調理呢，我又不想變胖，現在的體重正好，所以我有在鍛煉，游泳、跑步。」洛白花點了點頭。

回到家裡，林楚選了點禮物，準備送給李成道和李菲菲。

娜菲絲紅酒四瓶，還有一整根火腿、巧克力、化妝品，又加了一個香奈爾的包，離開時，他又隨手拿了一遝絲襪，沒有讓司機送，林楚自己開著賓士車。

洛白花在一側打著電話，正在安排工作上的事情，所以也沒有辦法陪他。

到李成道家的時候，已經是七點多了，天還是亮的，只不過氣溫降了些。

推門進去，李成道正在葡萄架下坐著，搖著扇子，唱著曲。

李菲菲圍著一條圍裙，正在那兒摘著葡萄，看到他進來時，她板著臉：「大忙人終於忙完了？想起我來了？」
「沒想起來，我是來看老爺子的，你可別多想啊。」林楚一本正經地應道。
李菲菲哼了一聲，轉身就走，氣鼓鼓的。
「老爺子，這是紅酒，有二十年的年份了，很好喝，一會兒試試，這是義大利火腿，可以生吃的。」
林楚舉了舉手中的禮物，李成道笑著道：「進屋吧，空調都開了，涼快……你知道，我平時不愛開的，但菲菲說你怕熱。她等你老半天了，所以有點小脾氣也正常，進去看看吧，她以前可從不和人鬧脾氣的，也不大理人，你是個例外。」
林楚進了屋子，這才發現，李菲菲正在往桌子上端菜，生蠔擺滿了一大盆，還有拍黃瓜、手抓羊肉、紅燒魚、滷大腸等等。
一共十幾個菜，林楚放下紅酒和火腿，將巧克力、化妝品、香奈爾的包和維秘絲襪遞給她：「送你的。」
「受不起！」李菲菲哼了一聲，依舊板著臉。
林楚看了她一眼，平靜道：「專門給你買的，你不要的話，那我就只能丟了……嗯，巧克力可以送給雪儀……化妝品的話也送給她吧，其他的丟了也可惜，轉手賣了也好，我覺得肯定有人不會嫌棄的。」

「你這人有沒有點誠意？送人東西還會安排後路？」李菲菲一把搶過三個袋子，瞪了他一眼，接著轉身離開。

林楚把酒放在一側，在客廳裡找開瓶器，翻了翻也沒找到。

李菲菲走出來時看了他一眼，怔了怔道：「你在找什麼？」

「開瓶器，家裡就沒有這東西？」林楚問道。

李菲菲進了廚房，找了一個遞給他，接著又瞪了他一眼：「不要臉！」

「不要臉？」林楚看了她一眼，心裡卻是有點異樣，上一次似乎林妙人也這麼說過他。

李菲菲低聲道：「你送我襪子幹什麼？」

「穿啊！你平時不穿襪子的嗎？」林楚聳了聳肩，一邊說一邊開了一瓶紅酒。

李菲菲紅著臉道：「我才不穿……以前我就不愛穿絲襪，以後也不穿，你那襪子太不正經了。」

「哪兒不正經了？你不覺得那些花紋很漂亮嗎？」林楚應道。

花紋的確是很漂亮，洛白花穿起來特別有感覺，李菲菲的腿也挺長，自然也應該是極好看的。

李菲菲看著他，臉色卻是越來越紅，片刻後她才說道：「你想看是吧？」

「當然！」林楚聳了聳肩。

李菲菲哼了一聲，有點傲嬌：「才不給你看了！」

李成道從外面剛走進來，笑咪咪的看了兩人一眼，轉身去洗手，接著坐下。

「吃飯了。」李成道樂呵呵笑道。

林楚坐下，李菲菲坐在他的對面，林楚倒了三杯酒。

「老爺子，這是波爾多的酒，你嘗嘗，我覺得味道很好，存了二十年了，有點年頭了。」林楚說道。

李成道舉杯，林楚和他碰了一下，李菲菲也舉杯，和他碰了一下。

酒的味道很醇厚，沒有那種澀味，的確是好喝。

「好酒！」李成道贊了一聲，瞇著眼道：「這酒比拉菲還要好喝，口感真好。」

李菲菲也喝了兩口，點了點頭，將生蠔盆子推到了他的面前。

林楚慢慢吃著，滿口生鮮。

餐桌的中間擺著一盤烤鴨，熱騰騰的，李成道點了點頭道：「菲菲特意去全聚德買的，讓人家片好了，骨頭油爆了一下，做成了椒鹽味，香著呢。」

林楚吃了幾口，贊了一聲：「香！這骨頭上還有不少肉呢，吃起來真好。」

「說起來，我們從臨山回來沒幾天，臨山那兒實在是太舒服了，真的，不算熱，每天在海邊走走，吹吹海風，撿一些蛤蜊……

我的身體都好了一些，頓頓吃海鮮，生蠔尤其多，在臨山這些天吃的生蠔，大約能有我過去一年吃得多了。

還有啊，那種小魷魚……就是籽烏，很鮮嫩啊，剛打上來的，還鮮活的，蒸著吃特別好，我都不想回來了。」李成道樂呵呵道，他的氣色的確是好了很多。

林楚回應道：「那就多住一段時間就是了。」

「回來有點事要處理，過幾天再去。」李成道應了一聲。

林楚點了點頭道：「這一次就住到八月底，等菲菲開學再回來就是了。」

「就住到八月中旬再回來，我喜歡那片海。」李成道笑咪咪的。

林楚舉杯敬酒，三個人的杯子碰到了一起。

一瓶紅酒喝完了，桌子上的菜也吃得差不多了，李菲菲的手藝還是不錯的。

她起身進了廚房，再出來時遞給他一大盤餃子，也不說話。

林楚接過來，低頭吃了起來。

韭菜餡的餃子很鮮，裡面加入了豬肉、海米，他一口氣吃了一大盤。

吃完飯，天色已經暗了，客廳的燈開了，李成道笑咪咪道：「餃子好吃嗎？」

「好吃！」林楚點頭。

李成道看著他道：「菲菲包的，好吃的話……是不是得唱首歌啊？你第二張專輯我都聽了幾十遍了，聽不夠。」

正在收拾桌子的李菲菲，隨即跑進了屋內，出來時拿著一把吉它遞給他，臉色紅紅的，一臉激動，眸子盯著他，如水。

林楚輕聲道：「嗓子不舒服。」

李菲菲跑進廚房，出來時端著一個杯子，放在他的面前：「鐵觀音，放了一會兒了，已經溫了，可以喝了。」

水溫剛剛好，他一口氣喝了一整杯，心裡卻是有點暖，這應當是她去端餃子的時候泡的茶，還真是有心了。

起身走到院子裡，坐在葡萄架下。

李菲菲扶著李成道出來，坐在他的面前。

林楚看著兩人，抬頭看了一眼天空。

霓虹閃爍的夜，掩蓋了天上的星光，只不過總有幾顆特別亮的星星在閃爍著。

「夜空中最亮的星，能否聽清，那仰望的人，心底的孤獨和嘆息……每當我找不到存在的意義，每當我迷失在黑夜裡，夜空中最亮的星，請指引我靠近你……」

聲音回蕩在葡萄架下，李菲菲看著他的臉。

臉有些青春飛揚，卻又讓人忽略了青春，總覺得他很成熟。

只是那種自信的樣子，很有男兒的魅力。

李成道瞇著眼睛，路燈餘照，映著那張臉，有些滄桑。

林楚放下吉它時，吁了口氣：「老爺子，這是我第三張專輯的歌，下周大約就要上市了。」

「這麼快就出第三張專輯了？」李成道怔了怔。

林楚笑道：「缺錢了，總得想辦法賺點。」

「你缺錢了？」李菲菲看著他，說道：「九鼎遊戲的發展不順嗎？我看似乎很好啊，玩家越來越多了。我知道了，你開了小說網站，黑洞中文網，是不是太燒錢了？我手裡還有點錢，要不給你吧，你等我，我去給你拿。」一邊說她一邊起身，林楚一把拉住了她：「坐下吧，開玩笑的，你能有多少錢？」

「我有一百萬！這些年我賺了一些，幫人設計東西、當家教，大約有幾十萬，爺爺給我留了五十萬，還有以前的一些錢，你別小看人！」李菲菲有點不服氣道，林楚搖頭：「坐著吧，我真是開玩笑的，我還有版稅呢。」

「再唱一首！我知道你一張專輯一般是六首歌，再唱一首吧。」李成道接著道。

林楚笑笑：「老爺子真是睿智！只不過這張專輯，一共有七首歌，那我就唱一首英文歌吧。」

唱什麼呢？林楚想了想，選了其中的一首歌，唱得很投入。

「……Tonight，We are young，So let’s set the world on fire，We can burn brighter than the sun……」

是啊，我們還正當年輕，風華正茂，哪怕他已經三十多歲了，但回到這一年，十九歲的青春還在。

年輕就應當有年輕的飛揚，林楚覺得他現在不管做什麼都是可以的。這個世界，需要年輕的聲音，需要年輕的人，他就是要做到最好，沒有什麼不可以的，哪怕遍體鱗傷，哪怕跌跌撞撞，哪怕翻了脊樑，那也無所畏懼。

李菲菲看著他的臉，葡萄葉下的光斑投影在年輕的臉上，很英俊，卻並不油膩，而且也不是那種柔弱的書生樣，而是有一種陽剛氣。

李成道起身，慢慢離開，他似乎想起了青春，因為他也曾經年輕過，直到現在，他依舊還能感覺到年輕的心。

吉它的尾音消失，林楚放下吉它，扭頭看了一眼李菲菲。

她怔怔看著他，笑著道：「渴了吧？我幫你泡茶。」

起身走進了屋子，林楚吁了口氣。

風吹著，帶來幾分涼，但他身上依舊有汗，這樣的天氣，的確是很熱。

李菲菲再出來時，身上的衣服似乎換過了，白色的背心配了黑色的短裙，腿上穿著一雙絲襪，粉色的。

將茶杯遞給他，他喝了幾口，溫潤的茶驅散了熱，他覺得舒服多了。

「就到這裡吧，我回去了，你也早點休息。」林楚說道。

李菲菲應了一聲，送他出門，站在門口，路燈有些亮，林楚這才發現，她所穿的絲襪似乎是他送的，維秘的襪子，特別性感。

「襪子很漂亮，你穿著真好看。」林楚一本正經道。

李菲菲瞪了他一眼：「就只能看到這些，別的地方不給你看！」

「好吧，再見。」林楚聳了聳肩，人家不給他看也是正常的。

上了車，他啟動車子離開。

李菲菲跺了跺腳，喃喃道：「生什麼氣！我都沒有生氣呢，什麼襪子，和小孩似的，開那麼大的洞，讓人怎麼穿？真是不正經。」

林楚回去的時候，差不多十點了，進屋時，洛白花正在沙發上寫著東西，看到他直接跑了過來，為他換了鞋。

「老爺，我去放水，一會兒就好了，你先洗澡，一身是汗呢。」洛白花說道。

浴缸中已經有不少水了，她之前放的，此時放了一些熱水，把溫度調和了一下。

林楚躺在浴缸中，她坐在他的腿上，為他洗了洗頭髮，接著搓著身體，很細心。

「老爺，明天上午十點我就得走了，好捨不得你呢。」洛白花說道。

林楚的手撫著她的後腰，圓鼓鼓的，很舒服，他的心中浮起幾分的異樣，總有些不捨，這樣的妖精真好。

「移民的事情，到七月就會有結果了，到時候你們一起過去吧。」林楚說道。

柳妙思的名字也提交了，既然要去，她也一起過去吧，總是不能有偏心的地方。

洛白花抱著他的腰，說道：「我都聽老爺的。」

「還有啊，去了法國，你去巴黎註冊一家公司吧，就叫星海影業，我們未來的追逐是星辰大海。這次我拍的電影，準備參加戛納電影節，那麼今年下半年就要籌拍了，我本來打算明年拍，所以八月就要籌備了。」林楚接著道。

洛白花點頭：「好！那這部電影……就算是星海影業投資了？」

「法國星海、韓國雲明、京城雲明，三家公司共同投資，可以在三地同時上映。」林楚應了一聲。

洛白花點頭：「那我把手頭的工作先處理了，接下去要全力配合老爺的電影。」

「辛苦你了。」林楚應了一聲。

洛白花搖頭：「能和老爺一起工作，這是很開心的事情，怎麼會辛苦？」

林楚微笑著，沒有說話，由著她為他洗澡。

上床的時候，夜有些深，洛白花偎在他的懷中，說了說兩部電視劇和一部電影的情況。

《蝸居》的第二輪播映已經賣出去了，優播那邊也準備同步播放了，這部分收入就是利潤了，也算是驚人。

說到最後，洛白花的聲音變成了呢喃，久久不息。

窗外是安寧的，洛白花趴在那兒，身子軟得像沒了骨頭似的，汗津津的。

林楚抱著她，親了親她的髮絲，說道：「睡吧。」

「老爺，我愛你。」洛白花輕聲道。

林楚一怔：「怎麼了？」

「就是想為老爺做更多的事情，所以心裡覺得好愛你啊，可是我又不中用啊，前後都用上了……」

洛白花說道，林楚堵住了她的嘴，應道：「這樣的虎狼之詞就不要說了，咱們私底下說就行了。」

「老爺，人家就是要說嘛！」洛白花笑了笑，身形真是好看，卻是連翻身的力氣都沒有了。

這樣的夜無疑是溫潤的、香甜的，林楚早上起來的時候，心還有些烈。洛白花睡得很香，睡覺的時候，她抱得緊緊的，似乎沒有什麼安全感。她的身子總有些涼，這在夏季最是舒服，林楚起身，眸子裡散著幾分的憐惜，親了親她的鼻子，這才慢慢起來。

他一直知道，洛白花身心全部繫在他的身上，那只是因為，她把他當成了唯一的寄託，所以才願意為他做任何事情。

就比如說到目前為止，她的一切都給了他，而且還是唯一的一個，甚至還樂在其中。

打拳的時候，他看著不遠處的捕蠅草，眸子裡有些異樣，那種樣子，像極了某些畫面，他不由又想起了昨晚，洛白花的聲音很美，也很長。

回屋後，林楚洗了澡，洛白花還沒起來，她十點出發，現在還有些時間。讓廚房那邊準備了早飯，林楚繼續寫《盜夢空間》，這是一部大戲，他現在把演員全都列了出來。

男主角已經有了合適的人選，女主角那一欄，他寫了三個名字，袁杉杉和曾莉，還有全智賢。

前妻那一欄，也有三個名字，言丹辰是其中之一，曾莉也寫在上面了。

還有一個是好萊塢的一位金髮女星，挺有名，想了想，他把金髮女星劃掉了。

其他演員中，他用了兩位法國男演員，目前名氣不算是太大，回頭讓海倫去簽下來。

不過好萊塢那邊的演員，一定得用一個人，他覺得用一名女配角就好。斯嘉麗已經成名了，這個時候是真用不起，而且演那種配角的話，她也一定不會同意。

艾瑪沃特森也不合適，她的名氣也太大了，他的心裡跳出兩個人名來，覺得似乎有點希望。

第七章

孤獨

天依舊很熱，洛白花吃了早飯，有些懶洋洋的。

「去了劇組那邊，要注意定時吃飯，別吃了上頓沒下頓，把身體給調理好，這樣才能生寶寶。」林楚叮囑道。

洛白花看了他一眼，抿著嘴，嗔道：「要不是為了老爺，人家才不會這麼晚起來呢，在劇組人家的生活可自律了。」

「那就好。」林楚點頭，隨後送她。

她整理的行李裝了一個箱子，手裡拎著林楚送的拎包，錢包也在裡面，林楚還為她準備了幾盒巧合力。

她的司機幫忙把行李放進後備箱中，司機長得也挺俏麗，名字叫洛小舞。

林楚放下一個袋子：「這裡面有十盒巧克力，你給劇組的人一人發一粒，就算是意思一下了。

還有啊，我讓你找司機的事，你記一下，雨晨、小妞兒、小月做生意忙，總是需要司機，你來找人。」

「又要讓我找人啊？老爺，你怎麼不讓小雲找啊？她認識的人更多。」洛白花輕聲道，帶著嗔意。

林楚扭頭瞪了她一眼，伸手拍在了她的臀兒上，還挺用力。

洛白花痛呼了一聲，抱著他的胳膊，柔聲道：「老爺呀，人家不敢了，聽你的就是了，小舞，回頭再找幾個人過來。」

洛小舞點了點頭，強忍著笑，她還從來沒想過，在外人面前強大霸氣的花姐，竟然也是這種懼夫的女人。

「小舞，照顧好小花，她拼起來不知道休息，要是她不好好睡覺，打電話給我，我來收拾她。」

林楚說道，很平靜，洛小舞點頭：「老爺放心，我一定好好盯著花姐。」

「老爺，我會聽話的，萬一不聽話，你不要我了，那我怎麼辦啊？」洛白花笑了笑，接著捧著他的臉，親了幾口，也不避開洛小舞。

林楚抱著她的腰，伸手揉了揉：「疼嗎？」

「不疼了，老爺打的，怎麼樣都不疼……」洛白花應道，接著小聲道：「老爺再多揉幾下，否則想揉也揉不到了。」

林楚鬆開她，再瞪了她一眼，揮了揮手：「行了，上車吧，早點出發。」

洛白花上了車，車子離開了院子。

陽光有些烈，馬路白花花的，洛白花說道：「小舞，記得找人啊，老爺的事要放在心裡，不能應付。」

「花姐，剛才老爺打你，你都不生氣啊。」洛小舞問道。

洛白花應了一聲：「老爺打我，那就是疼我，所以我心裡高興……其實對老爺，不管他對我做什麼，我都不會生氣。就算是有一天他不要我了，我也不生氣，就只是會傷心罷了……你不懂這些，你比小雲要小一些，也不明白這樣的事。」

「花姐，小雲姐在韓國那邊很好啊，她還給我打過電話了，說那邊很好。」洛小舞說道，聲音中透著嚮往。

洛白花笑道：「你不能去，先陪我幾年，好好學，以後我可能會讓你轉職的。」

院子裡，林楚吁了口氣，回到了房裡，繼續寫東西。

京城的事情其實也差不多了，隨時都可以離開。

只不過謝軍那邊還要約他，他再住兩天就走，林青山那邊，他也不打算去看了，打個電話就行了。

謝軍在十一點就打電話過來了：「姐夫，我訂了位置，海鮮自助餐，也有果木烤鴨，地址我已經發到你的手機上了。」

「知道了，待會兒我就過去。」林楚應了一聲。

放下手機，林楚看了看時間，起身離開。

這家餐廳離得不遠，林楚過去也就是二十分鐘。

飯局約在中午，陽光正好，林楚也喜歡，畢竟晚上人太多，他還想回家寫東西，不能浪費了時間。

進入餐廳的時候，他觀看了一下，整間餐廳還挺大，人不算是太多，差不多坐了一半人，謝軍就在靠近窗子的位置間。

林楚怔了怔，他還帶了兩個女人過來，而且還有點面熟，並不是他公司的藝人，應當是有點名氣。

坐下後，謝軍怔了怔：「姐夫，花姐沒來？」

「她去劇組了，那兒的事情多……不是，你今天是約她還是約我？約她的話，你直接和她聯繫就成了。」

林楚看著謝軍，他連忙道：「當然是約姐夫了！姐夫發行第三張專輯，那些歌太好聽了，真的，我今天又聽了好幾遍。」

「你什麼時候回韓國？」林楚直接問道。

謝軍想了想道：「等姐夫的專輯發行之後吧。」

「你就是林楚先生？」一名女子盯著林楚，一臉異樣。

林楚點頭，看了她一眼，覺得她真是有點面熟，只不過應當是前世的記憶。

謝軍介紹了一下：「姐夫，這是秦蘭，演過知畫的，還演過《風雲2》，這位是江書盈，聽說你最近正在拍一部電視劇，你看看她們有沒有機會？」

「你也涉足影視圈了？」林楚怔了怔，這才想起來兩個人是誰，果然是未來的名角。

謝軍搖頭：「沒有，是朋友介紹的，姐夫的《蝸居》火了，很多人都想演姐夫的戲，我就是順便幫個忙，本來我是想讓花姐幫忙的，結果她沒來。」

「最近我們三部戲同時在拍，演員都已經安排好了，合同都簽了，所以沒什麼機會。」

林楚搖了搖頭，秦蘭和江書盈的眸子裡浮起幾分的失落。

謝軍點頭，再問道：「我聽說姐夫在籌備一部新電影，準備自己導演？」

「你怎麼知道？小花說的？」林楚皺了皺眉頭。

謝軍連忙搖頭：「不是，可不能冤枉花姐，是我姐說的，她讓我把院線的檔期空出來，我就想著，姐夫的電影肯定得支持。」

林楚點頭，他的確是和謝子初說過這事，畢竟拍電影也得佔用不少的時間，他回來的時間就會少。

「有這個打算，主要是這部戲別人拍我不放心，他們不怎麼瞭解。」

林楚應了一聲，謝軍笑笑：「姐夫是天才，《蝸居》的劇本是姐夫寫的，現在三部戲也是姐夫寫的，所以肯定厲害。

這部新電影，她們兩個不知道有沒有機會？姐夫的電影，哪怕是一個小配角，那也一定很出彩的。」

「我回頭考慮一下再說。」林楚應了一聲，心中卻是有些疑惑，難不成她們和謝軍有什麼關係？這事得私下問一問了。

如果真是這樣，他總得給謝軍個面子，給她們兩個安排個配角也行，就是要好好錘煉一下她們的演技了。

謝軍點了點頭：「那就先吃飯！姐夫肯定餓了。」

飯吃了一半，林楚去衛生間，剛剛放水的時候，謝軍走了進來。

「姐夫，你別為難，按照你的想法來就行，畢竟這是你的電影，我就是帶個話而已。」謝軍站在他的身邊，笑著道。

林楚看了他一眼：「你和她們是什麼關係？」

「姐夫，我先換個地方，和你站在一起壓力很大……真得很大。」謝軍看了一眼之後，轉過身，走到了身後的便池前，一臉鬱悶。

林楚低頭看了一眼，笑笑，慢慢提好褲子，走出去洗手。

一會兒之後，謝軍出來了，邊洗手邊說道：「姐夫，我也是東海戲劇學院畢業的，所以和小江算是校友，就這麼認識了。秦蘭和小江是怎麼認識的，我也不知道，你知道這種圈子，就是為了互相認識，為了獲得各種機會。我和她們什麼關係都沒有，姐夫不用顧忌我，我要是耽誤了你的戲，我姐估計能剝了我的皮。」

「這次是真沒有適合她們的角色，而且我們雲明娛樂旗下的女演員也不少了，不可能安排給外人的。」

林楚平靜道，接著話鋒一轉：「真沒想到，你還是科班出身啊。」

「瞧不起人不是？」謝軍一臉自豪，接著話鋒一轉：「不過我這個科班出身還不如姐夫的半路出家……姐夫，走吧，回去了。」

回到飯桌上，林楚依舊只顧著吃東西，讓林楚覺得意外的是，江書盈很有眼光，不斷為他取食物，而且都是他喜歡吃的。

相比起來，秦蘭雖然比她要大上幾歲，但眼力卻是差了一些，看起來就是那種沒心沒肺的人。

要知道她已經有二十七歲了，而江書盈才二十歲，比林楚大了一歲。

這頓飯在下午一點半結束，林楚吃飽了，他驚人的食量再次引來江書盈和秦蘭的驚嘆。

走出飯店的時候，秦蘭說道：「林先生，我和小盈的事，你要是考慮好了，還請告訴我們一聲，謝謝啦。」

「我這部戲的角色都已經安排好了，沒你們的位置，不過我們明年還會投拍電視劇，到時候再為你們安排吧。」

林楚說道，很平靜，江書盈笑了起來，很開心：「林先生，我願意等的！我現在也沒有合適的經紀公司，不知道雲明娛樂還要不要人？」

「要，你若是要來，那就簽！」林楚看著她，她也是有點實力的，現在簽下來總是好的。

江書盈點頭：「那明天我就去雲明娛樂簽約！」

「行，我等你！」林楚應了一聲，接著轉身就走，也沒看秦蘭。

上了車，他啟動車子離開，也懶得去關心這些事情了。

回到家剛進客廳，他看到李菲菲坐在一旁的沙發上，正在喝著茶。

粉色的上衣，配上白色的裙子以及粉色的絲襪，似乎還是昨晚的那雙，斜著腿坐在那兒，很漂亮。

「你怎麼來了？」林楚問道。

李菲菲抬頭看了他一眼：「我來看你啊，爺爺的朋友送了一批無花果過來，很大個的，我送了些過來。還有，我買了一些生蠔送過來，法國那邊空運過來的，挺多的，一會兒蒸一下就能吃了，晚上我在這兒吃飯。」

「老爺子呢？」林楚一怔。

李菲菲嗔道：「我還能不管我爺爺啊？他今天去朋友那兒了，在郊外的一個莊子裡，所以這幾天都不會回來了。」

「散散心也好！」林楚點了點頭，目光落在她的腿上，打了個轉。

她穿這樣的絲襪的確是很漂亮，只不過這樣的畫面不能多看，他轉身進了房間，換了身衣服。

背心配了休閒短褲，再出來時，李菲菲擺了一盤無花果出來。

無花果的確是很大，差不多都有拳頭大了，這是完全成熟了，他慢慢吃著，蜜香味在嘴裡爆開，回味無窮。

一口氣吃了五個，林楚贊了一聲：「太好吃了！」

「我給你放幾個在冰箱裡，不過你得及時吃了，這東西不能放太久。」李菲菲應了一聲。

林楚點了點頭，起來去洗了手，回來時說道：「你打算什麼時候再去臨山？」

「就這幾天吧，爺爺說差不多在二十日，京城這邊的事情都處理好了，那就可以去了。」李菲菲回應道。

林楚接著道：「這兩天我要回東海了，不過我會安排好那邊的事情。」

「有件事我一直想問你啊，你說你們男人，為什麼喜歡女人穿絲襪啊？」李菲菲問道。

林楚笑了笑道：「因為好看啊。」

「可是你不知道這麼熱的天，穿著容易出汗啊，你看看，都黏到腿上了。」

李菲菲舉著小腿，用手指扯了扯，上面滲著汗珠，透著隱約的白，林楚的心有點烈。

「好了，放下吧，臭腳丫子味。」林楚平靜道。

她的腳真好看，林楚覺得，這絕對是頂尖的，而且還有一種熟悉的氣息，那似乎翻開了他記憶中的一種味道。

隱隱約約的，就像是小時候的某種味道，很熟悉，特別甜。

「才不臭呢！早知道就不穿給你看了！」李菲菲瞪了他一眼，轉過身，也不理他了。

林楚笑笑，坐到她的身邊，認真道：「說真的，很漂亮，的確是不臭，有一種甜味，似乎是一種特別的花。我也說不出來是什麼花，似乎有點忘記了，但總有些小時候的味道，似乎對我很重要的一種味道呢。」

「是不是梧桐花？」李菲菲轉過身來，看了他一眼，帶著笑。

林楚一怔心中驀然想起來了，這的確是梧桐花的味道，只是現在梧桐可不多見。

小的時候，林楚特別喜歡撿地上掉落的梧桐花，吸一口，喇叭一樣的花苞之中往往有一點蜜，特別甜。

那種香最是特別，這種梧桐並不是法桐，而是華夏的樹種，鳳凰非梧桐不棲的那種。

他看著她，眼角有些微微的陰鬱。

那個時候，家裡的太奶奶還活著，那個小腳老太太就喜歡撿梧桐花，身上總是香香的，有一種梧桐花的味道，特別好聞。

林楚又記得，她總是把他抱在懷中，放在枯瘦的腿上，哼著聽不懂的調子，慈祥極了。

李菲菲輕輕道：「怎麼了？我不是生你的氣……」

「和你沒關係，我就是想起了從前的事，你身上的味道的確是很特別。」林楚點了點頭。太奶奶已經走了有好幾年了，他這才想起來，原來那個乾瘦的老太太一直在他的心裡。

李菲菲看著他，輕輕道：「不是臭味？」

「不臭，很香，有一種淺淡的蜜香，又有些甜，讓人懷念。」林楚認真道。

李菲菲咬了咬牙，紅著臉道：「我去幫你蒸生蠔了。」

跳起來時，她急匆匆跑進了廚房，林楚笑著，眸子有些淡然。

晚霞籠著的時候，林楚和李菲菲面對面坐在餐桌旁吃飯。

她的廚藝是不錯的，只不過家裡有保姆在，所以也用不著她，她就是蒸了生蠔，再來就是做了炸醬麵。

林楚的手邊放著一本劇本，正在低頭琢磨著。

這是《盜夢空間》的劇本，回頭他還打算，把每個人的分鏡劇本寫出來，越詳細越好。

只不過對於演員，他還在糾結，演員表也列印了出來，他圈了圈，還是有些糾結。

回頭讓人試鏡吧，曾莉、言丹辰、楊小姐、袁杉杉、倪霓都上，再來就是新加入的江書盈也可以試試。

韓國那邊的演員，若不行就演配角吧，把朴智妍和咸恩靜給用上，好萊塢的演員中，他想到了大表姐勞倫斯。

這一年她還沒有出名，是一名新人，能簽下來最好不過。

還有一個蓋爾加朵也是可以的，林楚決定從兩人之中選一人，女主角的話，還得權衡一番，實在不合適的話，那也可以請國內的知名演員。

只是他想要控制成本，所以那些女明星未必願意演出，而且這麼重要的角色，專門就是用來捧人的，不用自己公司的演員也說不過去。

「喂，吃飯啦，吃完了飯再看不行啊？」李菲菲說道。

林楚這才回過神來，笑笑：「你說得對，吃飯！這桌子菜，最讓我滿意的就是生蠔了，很嫩，很肥，好吃。」

「討厭！」李菲菲嗔道，小腳踢了他的小腿一下。

她沒穿拖鞋，只有絲襪，踢上來也不疼，反而有幾分異樣的感覺，特別舒服。

林楚看了她一眼，低頭吃東西。

炸醬麵也很好吃，她的手藝還是不錯的，炒過的肉丁有點筋道，吃起來很特別。

「這是什麼肉？怎麼有的嫩，有的香，還不一樣啊！」林楚怔了怔。

李菲菲笑道：「這是我媽媽自創的……她以前就這麼做過，我一直記在心裡了，這裡面大多數都是豬肉，還加入了羊肉。」

「羊肉？怪不得了。」林楚點頭，這個創意真是絕了。

李菲菲卻是有點惆悵，低下頭，不再說話，林楚知道她應當是想起了她的媽媽。

她的父母都不在了，只是卻也說不上是孤兒，因為還有李成道在。

林楚伸出手，拍了拍她的手背，沒說什麼。

「我要聽歌！吃了飯你唱歌給我聽！」李菲菲突然抬頭看著他。

林楚點頭：「好啊，沒問題的。」

飯吃完了，林楚走入了一側的小客廳，這兒有一架鋼琴，頂尖的品牌。

「你還會彈鋼琴？」李菲菲怔了怔。

林楚笑著，沒說話，想了想，輕輕彈了起來。

「總是向你索取，卻不曾說謝謝你，直到長大以後，才懂得你不容易，每次離開總是，裝做輕鬆的樣子……

……時光時光慢些吧，不要再讓你變老了，我願用我一切，換你歲月長留，一生要強的爸爸，我能為你做些什麼……」

為什麼唱這首《父親》，林楚也不知道，只是覺得李菲菲可能會需要。

想一想，她也才十九歲，和他一樣大，但卻早早獨立。

這首歌他做了一些改變，變成了鋼琴曲，卻是更加抒情了，唱完之後，他扭頭看著李菲菲，她站在他的身邊，臉上有淚。

淚光浮動著，感覺到林楚在看她，她轉過頭，背對著他。

她的背影很漂亮，腿真長，只是他並沒有多看，而是起身站在她的身邊，看著窗外晚霞，幾隻蜻蜓圍在一起。

「老爺子把你教得很好，我覺得沒什麼可傷心的，你也不是沒有人記掛著，而且你也足夠優秀。能考得上京華，還會做飯，長得又漂亮，上得廳堂，下得廚房，還有什麼不滿足的？父母不在，但你並不孤獨。」林楚輕聲道。

接著話鋒一轉：「在這世上，每個人都是孤獨的，沒有人能真正走進你的內心。

唯一不同的是，有人的身邊有人關心，一直溫暖，有人的身邊卻是只有漠然，在淒涼中長大。

《浮生六記》中曾經有這樣一段話，無人與我立黃昏，無人問我粥可溫，那樣的孤獨，想一想就有一種淒涼。

你的身邊沒有這樣的淒涼，所以是幸福的，有人與你立黃昏，有人問你粥可溫，所以不必傷心。」

李菲菲轉頭……很認真地看了他幾分鐘，這才道了聲「謝謝！」。

林楚伸手拍了拍她的胳膊：「還要聽歌嗎？」

「聽！不過我不想再聽到這樣感傷的歌了，我想聽快樂的歌。」李菲菲應道。

林楚坐到鋼琴前，想了想，快樂的歌？

「塞納河畔，左岸的咖啡，我手一杯，品嘗你的美，留下唇印的嘴……」

李菲菲看著他的背影，用手擦了擦臉上的淚痕，抿著嘴。

又一首歌唱完，林楚吁了口氣道：「好了，就到這裡吧，你要不要住一晚？」

「好啊……還是上次的房間。」李菲菲應道。

林楚點了點頭，轉身離開，她對著他的背影大聲道：「喂，我幫你看劇本？」

「我再想想，你早點休息。」林楚對著身後揮了揮手，大步離開。

回到房間，他放下劇本，吁了口氣，心裡有點想念洛白花了。

給她打了個電話，把演員試鏡的事情說了說，洛白花說道：「老爺，我安排她們分批回去試鏡。反正《潛伏》已經差不多了，《宮》也差不多了，一些人可以閒下來啦……對了，老爺是不是想人家了？」

「想你就能回來？」林楚哼了一聲。

洛白花認真道：「能啊！老爺想人家了，人家肯定得回去了，事情交給助理就是了，天大地大，老爺最大。」

「行了，別說這些，過兩天我就得回東海了，她們要是過來試鏡，就到東海吧，不過也不著急。

你這三部戲要先拍完，我的電影還在考慮，這部戲其實可選的演員不少，但以我現在的名氣，人家也不會給我面子，再來就是成本要控制好。」

林楚說道，洛白花應了一聲：「老爺做好電影把控就好，成本的事我來安排，老爺這部電影票房預計能有多少？」

這部電影在前世的時候，全球票房在九億美元左右，這一世他會進行一些修改，票房應當會更高一些。

「十億美元。」林楚應道。

洛白花怔了怔：「十億？老爺，要是真能達到十億美元，那就是華夏電影第一人了！那樣的話，國內所有人都會蜂擁而上。老爺再也不用擔心演員的問題了，那些大明星也會願意演老爺的戲，甚至不要片酬都有可能。這都是常態，老爺要是想找女人，勾勾手指就行了，到時候老爺肯定是樂不思蜀的……」

林楚輕咳了一聲，洛白花應道：「老爺人家錯啦，回頭打屁股吧，使勁打……」

第八章

簽約

李菲菲起來得並不晚，早上七點半。

林楚進門，一身是汗。

「這麼熱的天你也鍛煉啊？」李菲菲正在梳著頭髮，長髮梳成了高馬尾，雙臂高舉著，雪白一片。

她的胳膊很細，臉也不大，腿上還是那雙粉紅色的襪子。

林楚應道：「不鍛煉一下，總覺得身體有點僵硬……對了，你怎麼還穿著昨天的襪子？不是昨天出了很多汗嗎？」

「你不是喜歡看嗎？」李菲菲白了他一眼。

林楚一本正經道：「換一雙，我去給你拿。」

「才不要呢！我就穿這一雙就行了，別以為我不知道你的心思，我才不會聽你的呢。」李菲菲哼了一聲。

這雙絲襪是唯一一雙比較正常的，其他的都是那種的……有洞的，她以為林楚就是想讓她穿那種的，所以才不會同意。

林楚也不強迫她，去洗澡，洗了澡之後，他收拾了一下，下樓吃飯。

家裡的保姆已經把飯端出來了，很豐盛。

李菲菲在幫他盛著粥，剝著鹹鴨蛋，看到他過來，她為他遞了一雙筷子。

「一會兒我送你回去。」林楚說道。

李菲菲一怔，看了他一眼，點頭，也不說話。

林楚笑笑：「對了，我剛想起來，老爺子去朋友那兒了，你一個人在家也無聊的，那就在我這兒住幾天吧。」

「這是你讓我住的啊，我就是為了陪你，否則你一個人肯定無聊的！」李菲菲認真道。

林楚笑笑：「你不用換洗的衣服？」

「一會兒我回去拿衣服……不過你別想讓我換那種絲襪給你看。」李菲菲哼了一聲，依舊傲嬌。

林楚看了她幾眼道：「我就不能看啊？」

「你女朋友那麼多，她們不會穿給你看啊？」李菲菲瞪了他一眼。

林楚點頭道：「她們當然會穿，但每個人的感覺不一樣，我想看你穿不行啊？」

「你現在到底有幾房？」李菲菲問道。

林楚很認真道：「六房。」

「六房？你上次還說五房，這怎麼又多了一房？」李菲菲盯著他，氣鼓鼓的。

林楚聳了聳肩：「我也不想啊，可是有也有了，我總得認，所以現在就是六房。」

「知道了。」李菲菲低頭，很平靜，只是眸子裡卻是很熱乎。

吃了早飯，林楚寫了一會兒東西，接著去了雲明娛樂，此時李菲菲已經離開了，都沒和他打過招呼。

洛白花不在公司，所以只能他親自過來見一見江書盈了，先談好條件，之後再安排和她簽約就好了。

她還是一名新人，大學還沒有正式畢業，所以目前來說簽約金並不高。

江書盈打扮得很漂亮，個頭挺高，腿也很長，白色休閒襯衫，配上黑色的短褲，將長腿完全展示了出來。

「老闆，我願意簽進公司。」江書盈看著他，開心地笑著。

林楚點了點頭：「你放心吧，一年至少一部電視劇，還會有廣告代言，我會落實到合同上，保底工資也有。傭金的話，我們是業內最低的了，所以你不用擔心什麼，這件事情就這樣，你先看看合同，滿意就簽了。」

合同是制式合同，只不過在細節處改了一下，包括拍片數量也都寫上去了。

明年的電視劇，她可以參演了，回頭他準備寫幾部戲。

「老闆，我簽了。」江書盈看也沒看就簽字了，倒是很爽快。

林楚一臉讚賞道：「爽快！這樣，讓人帶著你在公司裡轉一轉，先熟悉一下。」

前臺帶著她去參觀，林楚把合同收好，隨後開始寫分鏡劇本，將各個角色的臺詞也列印了出來。

他第一次正式當導演，所以總覺得要做得更加細緻一些。

等到江書盈回來，他看了她一眼，將女主的單獨劇本遞給她道：「你試一下鏡。」

江書盈一怔，她還沒思想準備，結果就要試鏡了，但她的心中只有喜悅。

看了一會兒劇本，大約二十分鐘，江書盈說道：「老闆，我好了。」

林楚點了點頭，一臉平靜，沒有太多的喜悲。

江書盈的表演還有些稚嫩，只不過要說到演技，竟然還不錯，在楊小姐之上，楊小姐的演技，那還需要多多打磨了。

「老闆，怎麼樣啊？」江書盈問道，明顯有點緊張。

林楚笑道：「還不錯，待會兒我問問看，正在拍的戲裡有沒有合適的角色，有的話你先過渡一下，熟悉一下過程。等到明年，專門再為你安排一個角色，無論如何，我們現在人不算多，一年拍幾部戲也是正常的。」

一個季度上一部電視劇，林楚覺得很正常，而且還可以幾個劇組同時開機，就得趁著現在賺錢的時候多拍幾部戲。

說完他給洛白花打了電話，說了說情況。

洛白花認真道：「老爺，《宮》裡有一個角色，戲份不少，大約有十集，臺詞也不少，你讓她直接過來吧。」

「行，我讓她直接過去找你報到。」林楚應了一聲，放下手機。

這部戲是在橫店那邊拍的，畢竟需要的古代場景比較多，林楚寫了洛白花的電話給她。

「小盈，你去吧，直接去橫店，有這樣一個角色，一共十集，很重要的女配，你先演著。」林楚說道。

江書盈一怔，接著一臉激蕩：「老闆，真有我的戲啊？太感謝了！」

「行了，你可以回去準備了，好好表現，你可是我親自簽下來的。」林楚笑了笑。

江書盈起身，對著他行了一禮，這才轉身離開。

林楚忙到中午才離開，這部戲的分鏡頭劇本，差不多兩三天就能寫完了，所有的準備也差不多了，就差演員了。

楚居，李菲菲換了身衣服，白色的背心配了黑短褲，坐在沙發上，腳後跟踩在沙發的邊緣，下巴擱在膝蓋上，正在往腳趾甲上塗著指甲油。

她的小腿挺長，挺好看。

抬頭看了一眼，注意到林楚的時候，她怔了怔：「你回來吃飯？」

「我不能回家吃飯嗎？」林楚反問。

李菲菲搖了搖頭，笑咪咪道：「不是……哎呀，我的指甲油還沒乾透，不能起來，剛塗好呢。」

她的十個腳趾頭，都塗著粉色的指甲油，襯著雪白的皮膚，很漂亮。

林楚擺了擺手：「你坐著吧，不用起來了。」

回房後，林楚換了衣服，讓廚房那邊安排飯，這才繼續寫東西。

七月二十日，李菲菲和李成道再次離開京城，前往臨山。

林楚送兩人去機場，這幾天他和李菲菲雖然住在同一屋簷下，但也沒發生什麼，只是關係卻是比從前更好一些了。

「老爺子，那邊已經安排好了，你們過去就行了。」林楚對著李成道說道。

李成道笑了笑，開心道：「又能去吃海鮮、吹海風了！過幾天，我幾位老朋友也會過去住一段時間的。我就想著每天去挖蛤蜊，捉螃蟹，臨山的海是真好啊，很平，沙子也硬一些，踩著能走很遠。」

「老爺子玩得開心點！」林楚點頭道。

他的目光落在機場的一側，怔了怔。機場中竟然有了楚月生鮮的廣告，上面打出來了一些生鮮的價格，電話可以送貨上門之類的廣告詞。

楚月生鮮已經正式營業了！

李成道順著他的目光看了幾眼道：「阿楚，楚月生鮮開業了，我買過生蠔了，很鮮，特別好，還有很多菜都是直接送貨上門的。

你這個點子很好，公司發展起來一定很快，據我所知，不少人都成了楚月生鮮的客戶，畢竟下班前打電話買好菜，回家正好收到，不用去菜市場了。」

「老爺子，這只是第一步，第二步我們還是會打造線下體驗店，目前在選址呢。」

林楚應了一聲，李成道伸手拍了拍他的胳膊，一臉讚賞：「真厲害！好了，我們走了。」

說完他轉身就走，身板很直。

李菲菲扭頭看了他一眼，低聲道：「等我回京城再給你打電話。」

「京城這邊我也會經常過來的，畢竟公司裡還有些事情。」林楚應了一聲。京城這邊，新開了一家公司，雲酷音樂，網站也在建設之中了，預計很快就會開站，目前是由林楚打理的，正在和各家唱片公司談版權付費問題。

李菲菲轉身離開，林楚也離開，明天他就要回東海了。

登機口之內，李成道慢慢走著，經過一家書店的時候，他扭頭看了一眼，伸手一點：「阿楚的第三張專輯上市了，菲菲，去買兩張唱片。」

唱片上依舊沒有照片，乾乾淨淨的，設計很討巧。

李菲菲買了兩張，仔細看了看上面的歌，有幾首也沒聽過。

她又想起那天他唱的兩首歌，如果說《父親》有一種沉重，讓她想哭，那首《告白氣球》又讓她臉紅。

只可惜，那兩首歌都不在專輯之中，她心中倒真是佩服起他的才華來了。

「菲菲，你和阿楚之間怎麼樣了？我看似乎還不錯。」李成道輕聲問道，眼角帶著笑。

李菲菲點了點頭：「爺爺，我是喜歡他，他很有才華，長得也好，而且能力也強，只是他又不缺女朋友，所以一點也不主動。」

「他不主動，你可以主動啊。」李成道笑了笑，接著話鋒一轉：「碰上這麼優秀的人，主動點也不吃虧。」

李菲菲沉默了一會兒，這才搖頭：「爺爺，我們之間，應當是不可能了。」

「為什麼？」李成道的目光落在她的臉上。

李菲菲咬了咬嘴唇道：「你可能不知道，他已經有六房老婆了，就真的是六房，生活在一起，平時以姐妹相稱的。我可不想成為七房，總覺得心裡有點彆扭，所以，我才沒有更加主動，雖然我很喜歡他，可是這種事不想清楚，我也不願意做什麼。」

「六房啊！」李成道嘆了一聲，伸手拍了拍李菲菲的胳膊道：「是得想明白了，不過我真沒想到，他有這麼大的魅力。能讓六個女人妥協，這才是真本事，這六個女人應當也都是有本事的吧？長得是不是也挺漂亮的？」

李菲菲一怔，嗔道：「爺爺，你的關注點……怎麼這麼奇怪啊？他家大房就是蘇雨晨，上過電視，二房是謝子初，也上過電視。五房是花姐，我以前見過，都特別漂亮，花姐的美連我看了都有些心動呢，蘇雨晨很大氣，不在花姐之下。」

「我想起來了，上次電視臺轉播了今年五十大民營企業品牌，有兩個女人領獎，我還說過真漂亮，是不是那兩個人？」

李成道問道，李菲菲點了點頭：「就是她們。」

「的確是漂亮！」李成道應了一聲，接著話鋒一轉：「我們走吧……對了，她們是不是要移民了？」

李菲菲點頭：「正在辦理，要移民到法國，這幾天我打聽了很多的消息。」

「你想不想去法國？」李成道問道。

李菲菲一怔，接著跺了跺腳：「爺爺，我都說了，不想成為七房。」

「你又沒說不喜歡他，只是覺得彆扭而已。」李成道樂呵呵笑著。

李菲菲轉過身子，不理他了，只是心中卻是有些異樣，也有些茫然。

林楚回到楚居，也開始收拾行李了，將從法國帶回來的禮物帶一批回東海。大部分酒放在地下酒窖中了，還有一部分準備運回東海，一共好幾個箱子。將要帶走的東西放在客廳的一角，正要回房時，門打開，家裡的傭人領著一個女人進來了。

「老闆！」女人喚了一聲。

林楚扭頭看了一眼，怔了怔：「你怎麼來了？不拍戲了？」

的。

「戲都趕得差不多了，花姐讓我回來試鏡，我就早點回來了。」曾莉笑咪咪

林楚攤了攤手：「你來得可真是時候，我這都要走了。」

「那來得早不如來得巧呢……老闆，我幫你收拾。」曾莉應了一聲，脫了鞋

子，跑到他的身邊。

林楚擺了擺手：「不用了，已經都弄好了，我去洗個手，你在沙發上坐一會

兒……給曾莉上杯茶。」

走入衛生間洗了洗手，林楚還出了點汗，此時他才發現，他光著膀子，就只

是穿著一條大短褲。

回屋找了件背心穿上，林楚回到一樓時，曾莉坐在沙發上，一身紅色的連衣

裙，也沒穿拖鞋，赤著腳，甚至她也沒穿襪子，看到林楚走出來，她起身。

「坐吧，這是劇本，你先醞釀一下，給你二十分鐘，我去喝口水。」林楚把

劇本遞給她。

他也泡了杯茶，鐵觀音的清香浮動著，他不由又想起了洛白花。

平時他很少自己泡茶，這幾天還是李菲菲幫他泡的茶，所以他還真是有點手

忙腳亂，泡了茶之後，他喝了幾口，解了解暑氣，滿口生津。

家裡的傭人進來，放下了一盤西瓜和一盤葡萄。

西瓜切成了塊，大小還挺均勻，這是無籽西瓜，葡萄就是院子裡的葡萄，個頭很大。

坐下後，林楚看了曾莉一眼，她看著他道：「老闆，我好了！」

「這裡面有兩個角色，你都看過了？」林楚問道。

曾莉點頭：「都看過了，一個是現女友，一個是前妻，我更喜歡前妻這個角色。」

「為什麼？前妻的戲份比女主角還要少一些的。」林楚問道，目光中透著異樣。

曾莉認真道：「因為她能觸動我，雖說戲份少一些，但卻讓人看過就忘不掉了，她是主角的執念，也代表著刻骨銘心的愛情，我很喜歡。」

「那行，你先試試看。」林楚點了點頭。

曾莉的表演充滿了張力，又有些內斂，不愧是學院派，比楊小姐、江書盈的演技強了不少，甚至眼淚說下就直接下來了。

林楚看著她，覺得她和這個角色的契合度太高了。

表演結束後，曾莉赤著腳跑到他的身邊坐下，說道：「老闆，怎麼樣？」

「你為什麼赤著腳？」林楚問道。

曾莉有點扭捏：「我直接踩著地，狀態最好……這可能只是一種錯覺，但我是真喜歡這樣，而且還可以克服心裡的緊張。」

「行了，這個角色就歸你了。」林楚點了點頭。

曾莉歡呼了一聲，很開心，她的腳長得也好看，雪白，細膩，纖長至極。

林楚看了一眼收回目光，點了點頭道：「劇本你帶著，沒事的時候就揣摩一下，這部戲今年要拍完，我想參加戛納電影節。」

「戛納？」曾莉驚呆了，接著朝著林楚湊了湊，低聲道：「老闆，你對我真好，我……」

林楚趕緊打斷她的說話：「你不要多想，你是雲明娛樂的員工，我得對你負責，這次之後，你應當能紅起來了，會成為國內的一線巨星。」

「謝謝老闆……那我回去了。」曾莉深深看著他，起身離開，有點氣鼓鼓的。

紅裙展著，臀兒鼓脹，總有一種成熟女性的魅力。

林楚也沒送她，直到她離開，他這才吁了口氣，隨後走到一側的室內游泳池前，脫光了衣服，直接跳了進去。

來回游了十幾趟，差不多半個多小時，林楚這才覺得好過了很多。游泳其實也很耗體力，對於林楚來說，這樣的鍛煉方式更好。

走出泳池，林楚回到臥室，收拾了一下，手機響了起來，接通後，傳來柳妙思的聲音：「哥哥，想你啦。」

「思思，你還在臨山？」林楚問道。

柳妙思應了一聲：「沒有呢，我在北邊避暑，過兩天還要去一趟新加坡、泰國，好久才能見到哥哥呢。」

「等回來就能見到了，你提前去東海就是了。」林楚應了一聲。

柳妙思有點幽怨：「可是真的好想哥哥啊，人家才成為新娘子沒幾天呢……」

「那你從海外旅行回來，直接就來東海吧，就說是想見見我，你媽媽應當不會阻止。」

林楚說道，柳妙思沉默了一會兒，這才認真道：「好！我聽哥哥的，真是一刻也不想和哥哥分開。」

「我也想念思思的腳。」林楚笑道。

柳妙思嗔道：「變態的哥哥……」

「又說這話？我很變態嗎？」林楚輕聲道。

柳妙思帶著撒嬌的感覺，接著道：「哥哥就是變態……讓人家也跟著變得奇怪了起來，總是想著那些奇奇怪怪的東西。」

「什麼奇怪的東西？」林楚問道，嘴角揚著。

柳妙思低低說了幾句，越說越順溜，林楚的心卻是烈了起來。

放下手機時，林楚吁了口氣，一時之間，怎麼也寫不進去東西，他躺在床上，慢慢想著事。

醒來的時候，早上五點，林楚看了看外面，有點陰，但天色卻是亮了。

在泳池裡游了半個多小時，他又練了一會兒拳，這才去洗澡。

吃早飯的時候，果然下雨了。

林楚準備給謝軍打電話，讓他過來接他，畢竟東西有點多，打車也不方便。

外面傳來汽車行駛的聲音，接著一輛紅色的汽車駛了進來，這是一輛甲殼蟲。

曾莉打著傘走了進來，白襯衫配了條牛仔褲，頭髮剪短了，越發有種幹練感。

「老闆，我來送你去機場吧，下雨，打車也不好打。」曾莉說道。

林楚點頭道：「你送我可以，不過儘量別露面啊，你現在是國內的知名演員了，很容易被人給認出來。」

「我戴著墨鏡呢，而且頭髮都剪了呢。」曾莉認真道。

林楚看了她一眼道：「真醜。」

「醜？」曾莉嗔道，瞪著他。

林楚平靜地看了她一眼：「你瞪什麼瞪？頭髮短了，就是不好看，長頭髮時多好看？燙著一點大波浪，不比現在好？」

「好看你也沒多看一眼。」曾莉哼了一聲。

林楚也不理她，把東西搬到了車上，衣服也沒拿，就是背著雙肩包。東海那邊的衣服、鞋子也不少，所以不帶也沒什麼問題。

上了車，林楚開車，曾莉坐在副駕駛位上，甲殼蟲的性能還是不錯的，開起來很順。

到了機場之後，停好車，林楚看了曾莉一眼道：「你就不用下來了，免得被人給認出來。」

「老闆，你怕啊？」曾莉看著他。

林楚聳了聳肩：「你覺得，有六個老婆的男人會怕這個嗎？」說完他下車，從一側取了行李車，將東西搬上去放好。

曾莉下車，幫他背著雙肩包，戴著墨鏡，兩人一起走入了機場大廳之中。

托運了行李，林楚扭頭看了她一眼，接過雙肩包，說道：「我走了……你不要想那些有的沒的。我用你，只是覺得你有這個實力，符合我心中的一些形象，不是要潛規則你，放鬆一點，好好演戲就行了。」

「我從來就沒有感覺你要潛規則我，以你的條件，根本就用不著！你招招手，肯定有很多女人都湧上來的。你是不是覺得我不漂亮？是，我是比花姐差一點，可能沒資格成為林家太太，但長得也不醜吧？身材也不錯吧？屁股翹吧？不管怎麼看，我也都算是頂尖的美女吧？你為什麼就不動心啊？」

曾莉一臉幽怨，林楚伸手揉了揉額頭道：「你怎麼就知道我不動心？」

「送上門的都不要，看不出哪兒動心！」曾莉哼了一聲。

林楚瞪了她一眼，伸手在她的屁股上拍了一巴掌，聲音清脆，人來人往的機場大廳，許多人扭頭看來，帶著幾分的異樣。

林楚的掌心一片柔軟，覺得肉很厚實，的確像是能生養的樣子。

「我走了！」林楚轉身就走，眸子中浮起幾分的茫然。

他不想和記憶中的那些女明星有什麼牽扯，主要還是……他覺得那並不真實，總有一種說不出來的怪異。因此，他一直沒有辦法把她們當成是正常的人來看，就像是一個虛擬人物一樣。

楊小姐、袁杉杉、曾莉、言丹辰皆是如此，就算是倪霓和江書盈也是這樣，所以他不想和她們有什麼親密接觸，那總是有些怪異。

直到這一次，曾莉的俏皮，讓他看到了，她是一個活生生的人，似乎和他想的並不是一回事。

第九章

禮物

東海也在下著雨，林楚走出長長的通道口，目光掃了掃。

夏婉茹的培訓還沒有結束，而且這一次還跑到外地去了，到仙水進行交流考察，所以不能來接他。

沈月在江州那邊，那裡的事情還沒有結束，她一時半會也離不開。

所以這次來接他的是林妙人，還有林雪儀也跟著來了。

林楚看到林妙人時，招了招手，林妙人頓時跑了過來，看著看他道：「走吧，回家了，你還知道回來啊……」

「家裡要養這麼多的人，總是要忙起來的。」林楚平靜道。

林妙人看了他一眼，嗔道：「誰讓你娶這麼多老婆啊？」

「沒有人讓我娶，我自己娶的，老婆多了孩子就多，這不是好事嗎？」林楚聳了聳肩。

林雪儀湊了過來，笑咪咪道：「哥哥，我都好久沒見過你了，今天中午我想吃海鮮自助餐，你請客好不好？」

「不好！我就想吃打鹵麵。」林楚看了她一眼，伸手在她的臉上捏了一下。

林妙人笑著道：「雪儀，別想那些有的沒的，你又不是不知道他的那點喜好，就好這一口。」

「我哪裡知道啊。」林雪儀嗔道。

林妙人接著道：「他呀，就喜歡臨山的小菜，以前似乎並不這樣，最近卻是變了，也不知道怎麼了，就像是老年人一樣。喜歡打鹵麵，喜歡牡蠣，喜歡鹵大腸、豬頭肉這些東西，二哥都沒有他這麼念舊的，明明是個年輕人，活得卻像是一個老頭子似的。」

「小姑，怪不得，你一大早起來就擀了麵條，做了鹵子，還鹵了肥腸，昨天晚上洗了整整三個多小時呢，原來是給哥哥吃啊。」

林雪儀露出恍然大悟的樣子，就像是沒有見過世面似的。

林楚一怔，心中一暖，看了林妙人一眼，接著道：「對我這麼好啊？」

「現在才知道誰對你好了？」林妙人應道，眸子裡有些驕傲。

林楚點了點頭，三個人上了車，林妙人開了那輛寶馬車，就是林楚的那輛車。

把行李放到了後備箱裡，林楚開車，林妙人坐在副駕駛位上，林楚問道：「怎麼沒開你的車？」

「你長這麼大個頭，開MINI肯定不舒服的，而且我還只有一輛嘉年華，更小一些。」林妙人說道，一邊繫好了安全帶。

林楚點了點頭，開著車，駛出機場的時候，雨落著，他打開了雨刷。

雨刷刷著，雨水流淌，順著玻璃兩側落下。

這場雨不小，澆著前擋風玻璃，迷濛了路。

林妙人身上泛著香，有一種陽光曬過的感覺，很乾淨，像是花香，卻又更加高級一些。

車上的空調開著，帶來幾分的涼，雨落的聲音隱約傳來，間雜著外面的汽車行駛聲，種種聲音混雜著，有些吵。

林楚開車並不快，很穩，林雪儀一直在說個不停，這段時間倒真是想他了。

「哥哥，最近姑姑一直在幫我補習，四嫂也在幫忙。」林雪儀說道。

林妙人笑道：「阿楚，雪儀有進步，我覺得用點心，考一所211院校並不難，不過數學方面，你幫幫她，我都不知道怎麼教她。」

「這段時間我應當都會在東海的，有時間教她。」林楚點了點頭。

林雪儀歡呼了一聲：「太好了，哥哥最好了！」

「前兩天還說我不好，嚷嚷著要回京城，這下子就變好了？」林楚笑了笑。

林雪儀嗔道：「那不一樣啦，前幾天哥哥都沒見過我，現在能見到了，自然就是好哥哥。」

「行了，別那麼興奮，影響他開車就不好了。」林妙人說道。

林雪儀不說話了，但還是很開心地笑，有一種燦爛的感覺。

回到了光南路，車子駛入地下車庫中，停好車，林楚把行李搬進電梯，上了一樓客廳。

「先洗個手，我們吃飯了。」林妙人說道，進了廚房。

林楚把東西搬到了三樓臥室，隨後拿了幾件禮物，要送給林妙人和林雪儀的，洗了把臉，這才下樓。

樓下，餐桌上擺滿了菜，林楚遞了幾個袋子給兩人：「給你們的禮物。」

「禮物？」林雪儀打開看了一眼。

給她的禮物有巧克力、雙肩包和愛馬仕腰帶，還有一身衣服，白色的長裙，香奈爾的。

林妙人的禮物就比較多了，除了巧克力、愛馬仕腰帶、衣服，還有香奈爾的拎包、高跟鞋，還有絲襪。

「這兩個手包你送給領導，這兩瓶酒，八十二年的拉菲，也送給領導，還有這兩條腰帶，都是送給領導的。你同事讓我帶的東西，我列出清單了，價格也寫上去了，東西在那邊放著，一會兒你清點一下。不過現在已經放假了，你要是想帶給他們，那就等開學以後，再或者是讓他們自己來拿，不過領導那兒你可以走動起來了。」林楚說道。

林妙人很開心：「我和他們約了在學校見面，我下午就去……你送我過去，東西太多，我拿不了。」

「好，我送你過去……不過領導那兒你一定得去……你若認識教育局的人也成，一併送了，一會兒你好好想想。」林楚回應道。

2006年的時候，送禮還沒有那麼驚人，有拉菲的話，應當就能解決了。

「先吃飯。」林妙人喜滋滋的。

林雪儀卻是有點不高興，看了兩人一眼，哼了一聲：「哥哥偏心！」

「我哪兒偏心了？」林楚一臉疑惑。

林雪儀氣鼓鼓道：「你看啊，你送給姑姑那麼多的東西，我就這麼幾件。」

「那不一樣的，你喝酒嗎？」林楚覺得好笑。

林雪儀嗔道：「我不喝酒，可是還有高跟鞋呢，我就沒有！」

「你讀高一穿什麼高跟鞋？」林楚瞪了她一眼，接著想了想道：「對了，我為你們各買了一隻手錶，一會兒給你們。」

林雪儀歡呼了一聲：「手錶？是瑞士錶嗎？」

「是瑞士錶。」林楚點頭。

林雪儀抱起他的胳膊：「哥哥，那你上去拿啊。」

「讓我先吃完飯，餓了。」林楚搖頭。

林雪儀晃了晃他的胳膊：「一會兒就好啦，哥哥，求你了。」

「先讓阿楚吃了飯再說。」林妙人哼了一聲。

林雪儀這才抿了抿嘴，一臉不高興，林楚笑笑，起身到樓上，取了兩隻錶下來，一人一隻。

錶並不是最頂尖的，但也是屬於一流的品牌，三萬多一塊，算得上很好了。

低頭吃麵，鹵子很鮮，林楚瞇著眼睛，一邊吃麵一邊吃著鹵大腸，有如回到了從前，這樣的日子，的確是舒服。

前一世，他經常和孫揚，在東海的街頭吃著這樣的東西，喝著酒，那似乎就在昨日。

雨小了一些，但依舊連綿著，悶熱依舊。

東海二中，林楚的車子駛進校門口，停在了教學樓的天橋下，天橋遮住了雨。

放假期間，學校裡也沒幾個人。

林楚把東西搬到了教學樓的走道上放好，林妙人幫著他，一邊搬一邊說道：「算你還有點良心，以後我天天給你做打鹵麵吃。」

「我一直都是有良心的。」林楚一本正經道，眸子裡帶著笑。

林妙人伸手在他的胳膊上拍了一下，臉上總有幾分的嗔。

東西不少，堆了一堆，各種東西都很齊全。

走道後面就是教室，她拉著林楚坐到教室裡，看著他道：「累了吧？回去我給你包餃子，我知道有個地方賣海腸的，回去包海腸餃子。」

「這還差不多！」林楚笑笑，接著話鋒一轉：「你在哪兒發現有賣海腸的？」

林妙人嗔道：「就是你之前住的那裡，那邊那個菜市場很大的，裡面賣的東西很齊全，各種各樣的都有。」

林楚點了點頭，他就是在那邊買過牛頭，別的卻是沒有注意到，沒想到還有海腸這麼冷門的東西。

正要說話時，外面傳來腳步聲，接著女子的聲音響起：「妙人，我來晚了嗎？」

林妙人迎了出去，笑咪咪道：「沒有，你要的包一個，還有這幾樣化妝品，你看看對不對？這兒有購物清單，價格都在上面。

這上面是歐元價，我已經換算成國內貨幣了，你可以看看，要是覺得不合算不想要的話也沒關係，我可以讓給別人。」

「天吶，這價格只有國內的一半，我當然要了……哇，這個包好漂亮的，早知道多買幾個了。對了，你男朋友什麼時候再去歐洲啊？我又看中了一個新款的包，這次我要買三個，我都太喜歡了。」

女人的聲音響起，很年輕，林楚笑笑，也沒應聲。

林妙人嗔道：「回頭我問問，你先把要買的東西寫下來，他應當最近還得去。」

「你男朋友是不是很有錢啊？老是往歐洲跑，飛機票也不少錢呢。」女人漫不經心道，這很顯然就是在打聽林楚的情況了。

林妙人說道：「他呀，去歐洲是辦事情的，算是公事吧，反正都可以報的。」

林楚笑笑，她說得也沒有錯，他的確是為了公事才去的。

「這些東西的錢我帶了現金，直接給你吧。」女人應道。

林妙人笑笑：「別那麼麻煩了，一會兒還有人呢，我也拿不了這麼多現金，我寫了銀行卡號，你們直接轉帳就行了。」

「好的，一會兒我就去轉。」女人應了一聲。

走入了教室中，看到林楚的時候，女人怔了怔，扭頭看了林妙人一眼：「你男朋友在這兒啊？好帥啊！」

女老師的年紀和林妙人差不多，個頭不高，長得挺俏麗的。

林楚對著他點頭笑了笑，起身迎了出去，林妙人走過來拉著他的手道：「他過來幫我搬東西。」

外面又走進來幾名老師，林妙人過去發東西了，女老師站在林楚的身邊。

「先生，你貴姓啊？你還要去歐洲嗎？」女老師問道。

林楚點了點頭：「過幾天還要去，你要是想帶什麼東西，直接和妙人說就行。」

「那謝謝了！這個季節的歐洲應當不是太熱吧？」女老師笑咪咪的，特別開心。

林楚應道：「波爾多的氣候還是不錯的，而且溫差也要大一些，晚上挺舒服，只不過再過幾年就不好說了，全球變暖呢。」

兩人聊了幾句，來的人越來越多，漸漸的，林妙人把所有的東西都分發完了，所有的東西加起來都有十六萬多了。

「林老師，謝謝了！晚上我請你吃飯吧，我買的東西最多，麻煩你了。」一名四十幾歲的女老師笑咪咪道，很真誠。

林楚也發現了，買東西的人中，女老師最多，男老師有五個人，應當是給家裡人買的。

林妙人擺了擺手：「晚上我有安排了，一會兒就先走了。」

雨依舊在下著，在走道上的屋簷下墜落，一串串的，不絕。

她轉過身來拉起林楚的手，和他一起上了車。

傘撐著，兩人挨得緊緊的，她身上的香味有些特殊，特別溫馨，似乎在哪兒聞到過。

啟動車子，寶馬車的車燈亮了，慢慢駛了出去。

穿過雨幕，幾位老師互相看了幾眼，有人說道：「林老師的男朋友好帥啊！」

「人也長得高大，而且也瘦，身材很不錯，看起來也很有實力，經常去歐洲呢。」

「不過歐洲的東西真是很便宜的，尤其是這一款眼霜，竟然只有國內四分之一的價格，要是買回來賣都合算的……」

「我要是有林老師這樣的資源，還當什麼老師，直接開家店就好了，生意一定火爆！」

「你們說，林老師有沒有可能賺我們的錢啊？」

「怎麼可能？人家要是想賺這個錢，那也沒必要給我們帶貨了，你要是嫌貴，不買不就行了嗎？」

「就是，你可別得了便宜還賣乖，反正東西是你想要的，人家從歐洲幫你帶回來了，那就夠了。」

車上，林楚看著雨幕，車子朝著蘇州河那邊開去。

來到菜市場的時候，雨又小了一些，兩人一起下車，林妙人拉著他的手，抱著他的胳膊。

「這是怎麼了？和我這麼親近？」林楚看了她一眼。

林妙人瞪了他一眼：「不行啊？小時候多可愛，整天要抱著我睡，現在一點都不可愛了！」

「那今天晚上我也抱著你睡，好不好？」林楚一本正經道。

林妙人一怔，笑了笑：「好啊，我反正沒什麼意見，你要是有這想法也可以。」

「記著啊！」林楚看了她一眼，回手在她的後腰上拍了一巴掌。

林妙人痛呼了一聲，紅著臉，伸手在他的腰間擰了一下。

菜市場裡的菜販很多，林妙人帶著他，直接來到了一處海鮮攤位邊上，果然有賣海腸的。

除了海腸，還有螃蟹、大蝦、帶魚、小黃魚之類的，林妙人買了不少，又去買了些肉，最後看著他道：「走吧，我們回家了……

對了，那個蝦池裡，要不要養幾條魚？我看鱖魚挺好的，養幾天就可以吃了，再或者買一條烏青？」

「算了，這都是吃肉的魚，養了之後蝦就被吃光了，我還是想吃蝦。」林楚搖搖頭。

蝦都是夏婉茹養的，要真是被吃光了，估計她要生氣了，肯定是要想著和林妙人算帳，到時候免不了說他偏心，他也會覺得頭大。

林妙人看了他一眼，哼了一聲：「你就是偏心！」

林楚笑笑，不說話，女人果然就是這個調調。

第十章
當爸爸了

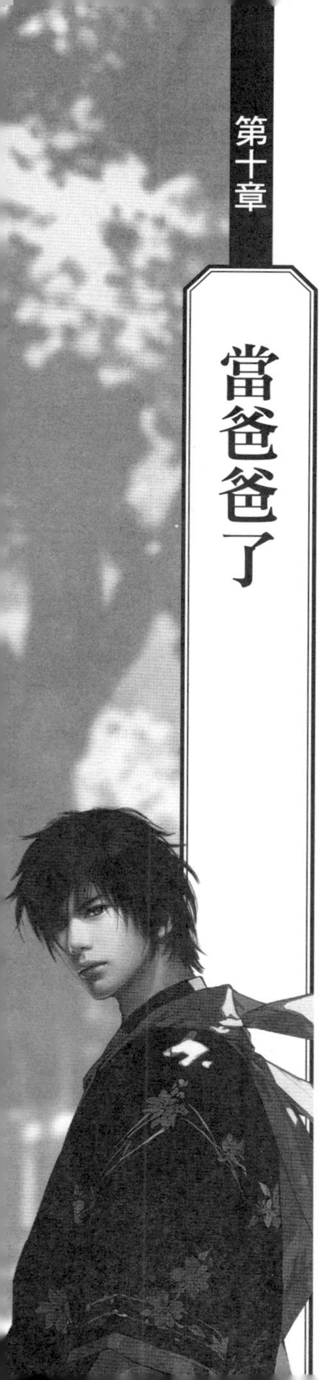

光南路的洋房，林雪儀穿著一身白色的連體泳衣，正在室內泳池中游著泳。

泳池很大，內裡還有恒溫裝置，只是現在是夏天倒用不著。

她正在仰泳，動作很是優美，身形修長，游得不快，有如一條美人魚似的。

游了一會兒之後，她走出了泳池，拿起一側的大毛巾擦了擦身子，站在了落地玻璃前，看著外面的雨。

她的身形比從前要好了許多，漸漸長成了大姑娘。

汽車駛過的聲音傳來，林楚的汽車進入了停車場之中，林雪儀趕緊轉身朝著客廳的方向跑去，赤著腳。

林楚進入客廳的時候，剛好看到林雪儀穿著泳衣衝了出來，他不由怔了怔。

「雪儀，你在游泳？」林楚問道。

林雪儀點頭：「我已經刷了卷了，想要鍛煉一下而已。」

「我的意思是，你應當去換一下衣服了，頭髮也該洗一洗了。」林楚聳了聳肩。

林雪儀看了幾眼，接著說道：「哥哥，下午幫我講題吧？」隨後轉身離開。

「好，你現在去刷張卷，我看看你的水準如何。」林楚應了一聲。

林妙人進了廚房，去準備飯了，林楚則是進了書房。

最近這段時間，他還是要去九鼎遊戲一趟，除此之外，還要去法國一趟。

楚月生鮮已經正式開業了，京城和東海同步開業，生意還算是不錯，比想像中要好了許多，第一天就已經有盈利了。

本來，林楚覺得可能還需要一些時間來積累，但沒想到會員的數量還不少。打電話來訂購的人占了七成，通過網上訂購的占了三成，從目前的情況來看，不經常使用電腦的人居多。

電腦的確是沒有智慧手機那麼方便，比如說，如果有智慧手機，在下班的地鐵上都可以選幾樣菜，而電腦還需要登陸主頁。

更何況很多公司還會把外網給禁了，想登陸都沒可能，從某種意義上來說，這的確有些不便。

《蝸居》的第二輪播放已經開始了，優播的播放量不算差，比想像中好了太多，林楚覺得機會很快就會來了。

手機響了起來，接通後，傳來洛小雲的聲音：「姐夫，這部電視劇的拍攝已經結束了，效果特別的好。現在還沒有完全播放完，不過我們公司已經算是小有名氣了，我覺得《來自星星的你》應當可以開機了！」

「很好，那就開始吧。」林楚應了一聲，心中卻是想到了《盜賊同盟》，這部戲也可以籌備起來了。

洛小雲問道：「姐夫，那你還會來韓國嗎？」

「會過去的，但是要過段時間，我得先再去一趟法國，可能在八月會去的。」林楚應了一聲。

洛小雲笑了笑：「那我先籌備著……之前姐夫還寫了另一部戲的大綱，《妻子的誘惑》，我請了孫藝珍和尹恩慧，也在籌備中了。」

「她們同意了？」林楚怔了怔。

洛小雲應道：「尹恩慧之前就和我們公司簽約了，孫藝珍說這部戲的收視率，如果能進入年度前五，她也加入。」

「辛苦你了。」林楚應了一聲。

洛小雲接著道：「姐夫，那我等你。」

「放心吧，一定會去的。」林楚笑道。

放下手機，林楚吁了口氣，外面傳來林妙人的聲音：「雪儀，叫阿楚吃飯。」

她在一樓的聲音都傳了上來，很顯然嗓門有點大。

林楚笑著，起身走了出去，站在挑空層朝下看了一眼，林雪儀換了背心和短褲，對著他招了招手。

餐桌上擺滿了菜，水餃有好幾盤，還有幾道菜。

林妙人的手藝真不錯，調味也好，海腸餃子鮮到了極點，林楚吃了三盤。

「姑姑，太好吃了，你的手藝是真好啊。」林雪儀贊了一聲。

林妙人伸手捏了捏她的臉：「喜歡吃的話，姑姑經常做給你吃。」

「不管哥哥了嗎？」林雪儀得意地看了林楚一眼，挑了挑下巴。

林妙人看了林楚一眼，揚了揚眉：「管啊，哪能不管他？」

雨停了，餐廳中的鮮味彌漫著，那是海的味道，融合了韭菜的味道，更加鮮了。

林楚回了書房，林雪儀跟著他上去，拿著卷子。

下午就是在講題中度過的，林雪儀的基礎的確是有點弱，但林楚的啟發卻是很有用。

「從明天開始，你每天整理思維導圖，把公式、定理寫下來，便於以後複習，你這才高一，不能落下太多。」林楚說道。

林雪儀鼓著腮幫子，看著他道：「是不是很差啊？」

「知道了還問！」林楚哼了一聲。

林雪儀跺了跺腳：「討厭的哥哥！我覺得也不算是差了，班裡還有比我差的呢。」

「你怎麼不和好的比，非得和差的比？」林楚瞪了她一眼，接著話鋒一轉：「反正方法我教你了，學不學在你。

過幾天我又要去法國了，到時候你回京城吧，我教不了你，你也不聽話，正好我也懶得管這些事。」

林雪儀拉住了他的胳膊，搖頭：「哥哥，我沒這個意思，我肯定好好學，你就放心吧！」

「那行，就從明天開始。」林楚笑道。

林雪儀抱著他的胳膊，笑咪咪道：「那現在是不是要繼續？」

「去整理吧，整理完之後讓我看看。」林楚應了一聲。

林雪儀笑了笑：「好啊！那我就在哥哥邊上坐著，反正我也不吵的，我們互不影響。」

林楚點著頭，繼續寫小說，最近小說的存稿差不多用完了，再不寫一些就沒得更新了，出版社那邊也一直在催他交稿。劈裡啪啦的聲音響個不停，林楚很專注，林雪儀時不時看他一眼，目光中有些驕傲。

驕傲不是因為自己，而是因為林楚是她的哥哥，有這樣的哥哥的確值得驕傲。

林楚沒注意到四周，完全沉浸在構思之中，足足寫了三個小時，差不多四萬字，這才停了下來。

他吁了口氣，看了看網站的運營情況。

黑洞中文網越來越活躍了，他的小說下方評論一大片，討論劇情的為主，這說明書評區是活躍的。

雲書那邊還在研發，讓他意外的是九鼎遊戲那邊，《神廟逃亡》遊戲已經出測試版了。

他那本書的遊戲改編《天罰》還在進行之中，《天堂2》也在漢化中，將要上線，

吁了口氣，身邊傳來林雪儀的聲音：「哥哥，好了，你幫我看看行不行？」

林楚嚇了一跳，扭頭時才發現她就在一側，這讓他聳了聳肩，點頭。

「哥哥肯定是把我忘了，太讓人傷心了！」林雪儀嗔道，眸子裡卻是只有喜意。

林楚伸手在她的腦門上彈了一下：「是哥哥不對，今天請你吃頓好的！」

「沒誠意，姑姑都在做飯了。」林雪儀哼了一聲。

林楚笑笑：「那就加個菜，硬菜！」

九鼎遊戲，林楚和所有人開了一次會，佈置了接下來的發展。

楊輝正式畢業，目前已經算是九鼎遊戲的中層了，整個人眉飛色舞，很開心。

「老闆，《神廟逃亡》月底可以正式上線了，我們在論壇放出了測試版，下載量驚人，所有玩家的熱情極高。」楊輝說道。

接著話鋒一轉：「老闆，我們要不要，在遊戲中接入廣告啊，我發現很多地方都可以接入廣告。」

「不需要，這樣會拉低遊戲的層次，如果要接入廣告，可以在畫面中想辦法，比如遊戲中補命的藥水，可以用廣告商品替代。只是這樣的廣告收費一定要高，比如說命要沒了的時候，喝上一瓶小雨清晨，立刻活命，我相信很多廣告商會有興趣的。這樣的廣告簽約，一簽就得五年，小雨清晨的廣告你先做上去，費用就不收了，就當是個測試吧。」林楚說道。

這種廣告一旦置入，也不會輕易更換，那麼首批總得給自家人了。

幾人記了下來，又討論了其他幾款遊戲，這一次王衛華竟然也從仙水回來了，小圓臉上透著開心。

開完會，林楚看了王衛華一眼道：「你這是怎麼了？仙水那邊不待了？」

「老闆，過兩天就回去，這次回來，是為了見一見老闆，而且我們小組的專案也需要看一看的。」

王衛華應了一聲，楊輝在一側笑了笑：「老闆，老王把他女朋友帶回東海了，挺漂亮的，昨天我見過了。」

「老闆，你別聽他亂說，不是女朋友，就是我家的美女保姆，幫我疊被子、洗衣服、做飯之類的。」

王衛華認真道，林楚看了他一眼道：「你和人家說明白了？你要是報著這樣的心態，那人家還會同意嗎？」

「就是，一會兒我給她打個電話，說說你的心思。」楊輝認真道。

王衛華連忙拉住了他的手，微笑道：「別！千萬別！我承認了，那是我女朋友，這總可以了吧？」

「散會！」林楚喝了一聲。

兩人這才起身離開，林楚坐了一會兒，又去看了看雲書，張嘯隆依舊是技術男的模樣，很正式地說了說工作進度，就沒話了。

倒是新來的副總還不錯，補充了不少，說得很詳細。

林楚瞇著眼睛，心裡很高興，只要雲書上線，那麼後面的事情就好辦了。

支付通那邊的大樓還在裝修，楚謝商務中心還建了一座新樓，過了年才能正式使用。

雨還在下著，林楚目前的產業還在佈局，但他覺得等到明年，一定要在東海買一塊地，建自己的園區。

手機響起來，接通後，傳來蘇雨晨的聲音：「老公，在東海嗎？」

「在東海，你來了？」林楚有點興奮，身邊沒有人陪的滋味，並不好受。

蘇雨晨嗔道：「才沒有呢，人家在藍海，這次我在這兒買了幾套房，兩套公寓，還有一套別墅，就在海邊，很漂亮的。」

「藍海買房？」林楚怔了怔。

蘇雨晨應了一聲：「山江這邊，小雨清晨的店在藍海最多，而且我已經收購了當地的礦泉水，併入了小雨清晨的名下。現在我們已經有兩處基地在建了，藍海這邊有現成的，而且水質也不錯，我請了專家來測評過了。

這裡算是山江這邊的總部了，以後我在藍海的時間也會長一些，總得有個住處，而且等爸媽退休之後也可以過來住的。我買得大一點，一家人在一起也方便，聽說家裡都有小六了啊，那我總得考慮得周全一些，小妞兒也支持我的。」

「你和小妞兒的關係是真不錯啊！」林楚說道，帶著笑意。

蘇雨晨嗔道：「小妞兒是家裡最厲害的人了，只要有她支持我，我就敢去幹，而且她那麼愛你，我對她最是放心。我們兩個人就像是真正的姐妹，不管怎麼說，我們要為老公打算，更得讓家庭和諧，畢竟咱們家的情況特殊呢。」

「辛苦你們了！」林楚的心中有些感動。

蘇雨晨的確是有著大婦的氣度，謝子初則是最佳輔助，因為她對其他的事情不感興趣，性子恬淡。

也就只有林楚的事情，才會讓她有些興趣，所以有謝子初輔助蘇雨晨，林楚的家事才會這麼平靜。

無論如何，他是非常感謝蘇雨晨和謝子初的，他一直覺得配不上她們。不是說外在條件配不上她們，而是沒有她們那種無私的愛。

放下手機時，林楚起身離開，回到了九鼎遊戲。

坐在辦公室裡，手機又響了起來，接通後，傳來海倫的聲音：「林，移民的事情處理好了，你可以讓人過來了。

還有啊，建築設計公司那邊的翻新設計出來了，你可以過來看一看了，這六位女性的移民，辦起來最多一個月就好了。」

「太好了，辛苦你了！」林楚神采飛揚說道，很開心。

海倫笑了笑：「林，這六位女性是不是都是你的情人？」

「你怎麼會有這樣的想法？」林楚平靜地應道。

海倫應了一聲：「我的確是不能確定，在我看來，華夏人應當不會有這麼多情人，但她們都很漂亮。而且從種種蛛絲馬跡之中，我似乎看到了一些痕跡，我覺得她們應當是你的情人，不過你不承認也沒什麼。」

「不是我的情人，應當說都是我的太太。」林楚應了一聲。

海倫一怔：「怎麼可能？華夏會允許這樣的家庭模式？」

「所以我並沒有結婚，只不過，我把她們都當成了我的女朋友，僅此而已。」

林楚應道，接著話鋒一轉：「好了，海倫，我不想別人調查我的私人生活，這件事情就到此為止吧。」

「林，那我就不說了。」海倫回應道，接著話鋒一轉：「你是一個很有魅力的男人，我相信她們愛你總有愛你的理由。」

林楚笑道：「你這麼誇我，我覺得很好，要不要再誇幾句？」

海倫笑了起來，兩人再聊了幾句，這才切斷聯繫。

林楚挨個打了電話，通知她們去辦理移民方面的手續。

這件事情告一段落，林楚總算是有點心安了，無論如何，就算是現在生孩子，那也沒什麼了，甚至多生幾個也是正常的。

想到這裡時，他又想起現在的境況，身邊沒有女人懷孕，這的確是一件奇怪的事情。

手機再次響起，接通後，蘇雨晨的聲音在耳邊傳來，柔柔的，特別好聽。

「老公，我有了！」她開心地笑著。

「你說什麼？」林楚嚇呆了，一臉異樣。

蘇雨晨認真道：「老公，我說你要當爸爸了！」

「當爸爸了……」林楚重複了一遍，接著開心地笑了起來。

此刻，他已經控制不住自己的情緒了，不管前世還是今生，哪怕他三十多歲了，但卻是難以控制自己。

從前，他也沒有孩子，此時聽蘇雨晨說有寶寶了，不由有一種想哭的感覺。

笑了半天，停下來的時候，蘇雨晨這才柔聲道：「老公，很開心吧？」

「特別開心！這樣，最近你把手頭的工作交接一下，去法國那邊安心養胎吧……我送你過去。」

林楚很認真道，他甚至還準備改變自己的規劃，不管如何，這是目前頭等大事。

蘇雨晨嗔道：「老公，這才一個月呢，我會小心的，總得把工作處理好呢，我打算過了年再去法國。生孩子還早著呢，要是在那邊閒那麼久，我也坐不住啊，大不了……我就請幾個隨身醫生吧，好不好嘛？」

「那你一定要小心一點。」林楚叮囑了一番，接著話鋒一轉：「你怎麼剛才沒告訴我？」

蘇雨晨笑了起來：「後知後覺！我剛才在醫院檢查身體呢，最近總覺得身體沒力氣，做什麼事都提不起勁，所以才想來檢查。我還以為中暑了呢，沒想到……卻是有寶寶了，結果我也是剛剛才知道的，所以才趕緊通知了老公，老公喜歡男孩還是女孩啊？」

「都一樣，對我沒區別！」林楚應了一聲，接著話鋒一轉：「通知爸媽了嗎？」

蘇雨晨應了一聲：「老公，要等等啦，人家不是說，前三個月的時候不要說出去嗎，所以過段時間再告訴爸媽好不好？」

「好……我要去法國一趟，等回來就去看你，你最近是不是一直在川省那邊？」林楚問道。

蘇雨晨笑咪咪的：「剛從太白山那邊離開，我準備去蓉城看看，大約會住一段時間，我在蓉城也買了房呢。」

「好，我最多去幾天就回來了。」林楚應了一聲，接著再叮囑了幾句：「你一定要小心，這是我們家的頭等大事。」

蘇雨晨應了一聲：「老公放心啦，我會小心的。」

直到放下手機，林楚心中的激蕩還沒有停下來，蘇雨晨能有他的孩子，這讓他也去除了心中的一些疑惑。

敲門聲響起，他應了一聲，白靜走了進來，放下一杯茶。

茶是鐵觀音，清香撲鼻，帶著蘭花的香味。

她越來越有職業秘書的特點了，白襯衫配套裙、黑絲，身材不錯。

「老闆，你這是怎麼了？似乎很高興？」白靜問道，一臉異樣。

林楚擺了擺手：「沒事，就是有些高興！」

「老闆，你去法國那邊的機票我訂好了，後天出發。」白靜說道。

林楚聞著她身上的香味，說道：「最近做得怎麼樣？還適應嗎？」

「適應的，事情也不是太多，所以工作也不是很忙。」白靜應了一聲。

她身上的味道有一種玫瑰花的香，有點特別，林楚深吸了一口氣道：「這兩天你去仙水那邊看看吧，看看網站的建設情況。還有，雲酷音樂的播放軟體你也盯一下，最好能在下個月正式上線，你重點關注一下，那邊還缺個總經理。」

白靜一怔，深深看了林楚一眼，他的意思很明顯，那就是，希望她去當這個總經理了。

「老闆，我就想當你的秘書，不想當總經理。」白靜很倔強，有點不高興。

林楚擺了擺手：「如果你有這個能力，那就得好好發展，總是當我的秘書有什麼意思？」

「老闆，我不想做。」白靜有點倔強。

林楚看著她，點了點頭：「到時候再說吧，你先去做事。」

白靜轉身離開，林楚喝了一口茶，清香味十足，回甘很明顯，的確是好茶。

心緒總算是慢慢平靜下來了，林楚看了看時間，已近中午，不過他也沒想著要回去，家裡只有林妙人和林雪儀在，回不回去也一樣。

手機在這時響了起來，接通後，傳來管素真的聲音：「林楚，還在東海嗎？要不要來東海大學看看你的宿舍？」

「管老師？我目前還在東海，宿舍也不著急吧，東海大學剛放假吧？」林楚應了一聲。

他有房子住，自然對宿舍的興趣也不大，更何況，他還被安排到了留學生宿舍那邊。

管素真笑道：「這次招生計畫很不錯，其中有一半功勞都是因為你，正好你先來試試我們食堂的飯吧。」

「食堂還開著？」林楚怔了怔。

管素真嗔道：「當然還開著，有很多同學都不回家，有人留在東海打工，為了賺下學期的各種費用。大四的學生在準備實習的事情，多數人也都不回去，所以食堂必須開著，總得讓這些同學有飯吃。而且學校家屬樓的老師們也都在的，也得吃飯，學校開了好幾個食堂呢，林楚同學，要不要來試試？」

「我這就過去拜訪管老師。」林楚輕輕道。

他對於東海大學並不熟悉，好在上次吳魚兒已經帶著他參觀過了，他也在食堂裡吃過飯了，不過管素真請他，他總得給面子。

開著車，駛入了東海大學的校園之中，停在食堂的一側。

管素真約了他在第一食堂吃飯，進去的時候，管素真正在和幾名吃飯的學生聊天。

看到他的時候，她招了招手。

林楚迎了過去，微微笑道：「管老師，那我就不客氣了。」

他穿著白襯衫，配了黑色西褲，襯衫束在褲腰中，看起來風度翩翩。

管素真則是白色連衣裙，腰間是一條深藍色的腰帶，腿上還有黑絲。

「來了啊，走吧，你隨便挑。」管素真笑了笑，伸手點了點打飯的窗口。

林楚遞了個小袋子過去：「管老師，送你的禮物，也不知道你喜不喜歡。」

「還送我禮物？」管素真怔了怔，接著笑笑：「那我就不客氣了，收下了。」

兩人過去打了飯，林楚點的菜不少，飯也是滿滿一大碗。

坐下後，管素真看了看禮物，輕咦了一聲，一臉異樣：「林楚，這款眼霜不便宜啊，而且沒有什麼香味，我一直在用，你怎麼知道我喜歡？」

「我不知道，但我知道美女的愛好應當是差不多的，管老師身上還有一種天然的香味，所以不需要增香的東西，已經很香了。」

林楚聳了聳肩，接著雙手一攤：「管老師喜歡就好，價格並不重要。」

「我現在很擔心學校的女生們啊！」管素真說道。

林楚問了一聲，一臉異樣：「為什麼？」

「因為你這麼會討人喜歡，不知道會有多少女生因此而著迷呢。」管素真微微笑了起來，有些明媚。

——待續

國家圖書館出版品預行編目資料

重生 / 木士作. --初版.
--臺中市：飛燕文創事業有限公司, 2024.07-

冊；公分

ISBN 978-626-348-808-3(第1冊:平裝). --
ISBN 978-626-348-809-0(第2冊:平裝). --
ISBN 978-626-348-810-6(第3冊:平裝). --
ISBN 978-626-348-811-3(第4冊:平裝). --
ISBN 978-626-348-812-0(第5冊:平裝). --
ISBN 978-626-348-813-7(第6冊:平裝). --
ISBN 978-626-348-814-4(第7冊:平裝). --
ISBN 978-626-348-815-1(第8冊:平裝). --
ISBN 978-626-348-816-8(第9冊:平裝). --
ISBN 978-626-348-817-5(第10冊:平裝). --
ISBN 978-626-348-818-2(第11冊:平裝). --
ISBN 978-626-348-819-9(第12冊:平裝). --
ISBN 978-626-348-820-5(第13冊:平裝). --
ISBN 978-626-348-821-2(第14冊:平裝). --
ISBN 978-626-348-822-9(第15冊:平裝). --
ISBN 978-626-348-823-6(第16冊:平裝). --
ISBN 978-626-348-824-3(第17冊:平裝). --
ISBN 978-626-348-825-0(第18冊:平裝). --
ISBN 978-626-348-826-7(第19冊:平裝). --
ISBN 978-626-348-827-4(第20冊:平裝)

857.7　　113007785

重　生 12

出版日期：2024年09月初版
建議售價：新台幣190元
ISBN 978-626-348-819-9

作　　者：木士
發 行 人：曾國誠
文字編輯：安哥
美術編輯：豆子、大明
製作/出版：飛燕文創事業有限公司
公司地址：台中市南區樹義路65號
聯絡電話：04-22638366
傳真電話：04-22629041
印 刷 所：燕京印刷廠有限公司
聯絡電話：04-22617293

各區經銷商

華中書報社	電話 02-23015389
旭昇圖書有限公司	電話 02-22451480
智豐圖書股份有限公司	電話 05-2333852
威信圖書有限公司	電話 07-3730079

網路連鎖書店

金石堂網路書店 電話：02-23649989
網址：http://www.kingstone.com.tw/

博客來網路書店 電話：02-26535588
網址：http://www.books.com.tw/

若您要購買書籍將金額郵政劃撥至22815249，戶名：曾國誠，
並將您的收據寫上購買內容傳真到04-22629041

若要購買本公司出版之其他書籍，可洽本公司各區經銷商，
或洽本公司發行部：04-22638366#11，或至各小說出租店、漫畫便利屋、各大書局、金石堂網路書店、博客來網路書店訂購。
▶如有缺頁、破損，請寄回更換！

Fei-Yan 飛燕文創